ゲーム内の婚約者を寝取られそうな令嬢に声が届くので、自称サバサバ女の妹を毎日断罪することにした

初枝れんげ

Illust. 岡谷

TOブックス

JISYOUSABASABAONNA NO IMOUTO × MAINICHI DANZAI

毎日断罪

CONTENTS

毎日

断罪

Illustration 岡谷　Design アフターグロウ

プロローグ.

私だったらゲーム内の婚約者を寝取ろうとする自称サバサバ妹に何度も【ざまぁと断罪】をする！

『ねえ、いいでしょう姉さん。リリアン姉さん？　王子との婚約なんて、姉さんには不釣り合いだわ。私に譲ってよ』

姉を自分の部屋へと呼びだした女性。ユフィー・スフォルツェン公爵令嬢は、爪の手入れをメイドたちにさせ、ゆったりとお気に入りのベッドに腰かけながら言った。

一方、呼び出された姉のリリアンは、その言葉に当惑を隠し切れない。

『で、でも。もう私と王子との婚約は両家で決まったものだし……』

『ふん。そんなのあなたが辞退すればいいだけの話でしょう？　何？　そんなに王太子妃になって、贅沢三昧したいってわけ？　リリアン姉さんたら、普段は奥ゆかしいフリをしてるのに、本当はとんだ強欲ものよねえ。知ってる？　姉さんについて悪い噂がいっぱい聞こえてきてるのよ？　私みたいな【サバサバ】してない姉さんにはお似合いの【ネチネチ】とした嫌な噂がね。だから、最近は愛想を尽かされかけているみたいじゃない？』

『……そ、それは。根も葉もない噂が社交界になぜか広がっていて！　男遊びにかまけているとか、王立学園でイジメをしているとか。それにユフィーにも手を上げることもあるなんて。そんなことしたことないのに……』

『ふふふ、火のないところに煙は立たないものよ。日頃の行いの報いじゃないかしら。とにかく、姉さんに比べて、王太子妃に相応しいのは明らかに【サバサバ女】の私なのは間違いないの。そう思わない？　それに前から思ってたんだけど、姉さんはメイクも似合ってないし、男受け狙ったドレスを着ても滑稽なだけなのよね。気づいている？』

『お、男受けって……。そ、そんな恰好はしてな……』

『ま、そういう男受けを狙った服で釣れる男もいるかもしれないけどね。どこかの下位貴族の子爵あたりくわえ込んだら？　なーんてね、冗談冗談、あっははははは!!』

『じょ、冗談……？』

本人はウケると思って発言しているようだが、明らかに冗談を通り越して下品でしかない。

『まぁ、私はあんたと違って、そんな媚《こ》びたりしないけどね。むしろ、そんなことしなくても男友達多いから。女は面倒だからね。化粧とかも最低限にしてるし』

豪華なドレスと贅沢な化粧品に身を目いっぱい飾らせながらユフィーは飄々《ひょうひょう》とそう言ったのである。

『ご、誤解があると思うんです。あの、私は……』

『うるさいわね。聞いてないのよあんたの言葉なんかね。ま、あなたが王子との婚姻を解消される日も近いでしょうけど。なぜなら決めたから。自分から婚約破棄しないなら……ふふふ。今までのように手加減はもう不要よねぇ』

ユフィーは唇を歪めて嗤《わら》った。

『えっと。それは……どういう……？』

一方のリリアンは彼女の言葉の意味が分からずに首を傾げる。しかし、そんな彼女に侮蔑《ぶべつ》の表情を浮かべると、ユフィーは自分から招いたにもかかわらず、さっさと出ていくよう追い払うような仕草をしたのだった。

まるで下女と主人の関係のようだが、これには理由がある。ユフィーは後妻のバーバラ夫人の娘であり、リリアンの実母であるナンシーは既に逝去している。アーロン・スフォルツェン公爵は後妻のバーバラとその娘の【自称サバサバ女】のユフィーに肩入れしており、リリアンに対する【イジメ】も見て見ぬふりをしているのであった。

そして、これこそがこの乙女ゲー『キラキラ☆☆恋スター　ときめきは永遠』のプロローグの序盤らしい。私はクリックする手を止めて、大きく息を吸った。そして。

「あんたのどこが【サバサバ女】なのよ！　単に人の気持ちが分からない冷血女なだけじゃない。言葉でお姉さんを傷つけまくって！　自分アピールのためにリリアンを【貶《おとし》めて】【イジメ】まくって！　【嫌がらせ】してんのも絶対あんたでしょーが！　そんなあんたみたいな女を、【自称サバサバ女《自サバ女》】って言うのよ！　【ネチネチ女】そのものじゃない!!　あーもう!!」

私はたまらず言った。

「なんで現実世界の【自サバ女】を忘れるためにしたゲームで、また【自サバ女】を見なきゃなんないのよー!!」

こんな風に激高したのには訳がある。

先週、私こと鈴木まほよは別の乙女ゲー『ティンクル★ストロベリー　真実の愛の行方』をプレイした。その際に不思議なことが起こり、私の声が主人公のシャルニカに届くという現象が発生したのだ。なんやかんやでトラブルを起こし続ける浮気王子たちを撃退し、彼女との間に友情を確認した私は、友達のシャルニカとの【前に進む】という約束を守る形で、私を気遣って連絡をくれていた若社長の榊佳正《さかきよしただ》さんから食事《ディナー》の誘いを受けたのである。途中までは楽しい食事だったのだが、しかし、

「あーら、誰かと思ったら突然会社を辞めて迷惑をかけた鈴木さんじゃなの～」

「雲田かな江さん？　どうしてここに？」

現れたのは同じ秘書課に所属していた雲田かな江さんだった。そして、この女こそまさに……。

「うーん、なんか社長が私が食事に誘ったのに大事な用があるって断るもんだから、何かと思ったのよねえ。そうしたら、まさかの鈴木さんじゃない？　抜け目ないわねえ。なあに、元カレのことはもういいのかしら？　それくらい尻軽だと一杯男も寄ってくるってわけ？　モテる

「私には分からないけど。ちなみにその服、男受け狙ってんの？　似合ってないわよ」

これである！　デリカシーの欠片もなく【下品】なのである。しかも、結婚を前提に付き合っていた彼と別れたことを引き合いに出しつつ、ファッションのことも含めて相手を下げて、自分がモテるアピールしているのだ。とことん【嫌味】な上に、人の気持ちへの配慮など全くなく、平気で【傷つける】人なのである。

にやけ面をする彼女にいちおう作り笑いを浮かべて反論する。

「ご迷惑をおかけしたのは事実だと思いますが、お仕事の方はしっかりと引継ぎをさせて頂いて辞めました。何か不備があったのでしたら具体的に言ってもらえますか？　それに私のことを悪く言うのはいいですが、それは今ご同席されている榊社長にも失礼かと思います」

「居直りって訳？　これだから理屈の通じない女は嫌ね。私みたいに【サバサバ】した女が今は受けるのに。だから十年も付き合った彼にフラれるのよ。あ、私男友達多いのよね。あなたみたいにわざわざ男に媚びてないんだけどさ。ちょっと紹介してあげようか？」

ニヤニヤとした笑みを浮かべる雲田さん。事情を知った上で傷口を抉《えぐ》ろうとするあんたのどこが【サバサバ】なのか意味不明で、その上、議論を破棄したのはそっちで、それを世間様では居直りって言うんですが！　しかも男友達が多い発言もただのモテるアピールであり私へのマウントでしかない！　と、そう言ってやろうと思ったけれど、この人は話せば話すほど【相手を傷つける】タイプだ。そういう人の痛みに興味がないのである。

実際、新人に色々な【嫌がらせ】や【イジメ】などを散々【ネチネチ】としつこく仕掛けて辞めさせたり、休職に追い込んだりもしていた。他の女性と付き合っている男性でも、良いと思ったらこっそりと裏から手をまわして寝取ったりなど、【サバサバ女】とは真逆の、やりたい放題の【ネチネチ】【ジメジメ女】で男への執着心も凄いのである。先ほどの榊社長へアプローチしていたことからも明らかなように。ちなみに、もちろん、私もかなり【嫌がらせ】をされていた。まぁ、持ち前の馬力で撃退していたのだが……。

「雲田君。俺はね……」

「あー！　もうこんな時間！　社長、ありがとうございました！　大変楽しいお食事でした！そろそろ私、帰らないと！」

社長が何かおっしゃろうとされたけど、その女はアンタッチャブルだ。もし、やるなら徹底的にやらないと勝てないのだから。

「また逃げるのかしら？」

「鈴木君。いや、気を使わなくてもいい。俺は……」

「そうそう、厄介な女からは逃げるに限るわよ！　ああーでもよく考えたら一つだけ引継ぎ漏れてたわ～」

「は、はあ？　ふん、意味が分からない女ね」

最後まで嫌味を言う雲田さんを尻目に、私はショルダーバッグをひっつかむと、そう言って店を出たのだった。

「社長、お金支払済みだったなー。悪い事しちゃったな」

帰宅して呟く。あんな最悪な形で食事を終わらせてしまったので、罪悪感がわく。もう二度と誘って貰うこともないと思うので余計に。

「雲田さんのこと、どうしようか迷ってたけど、やっぱり今でもあんな感じか……しょうがない、やるか！」

私はするかしまいか、迷っていた【引継ぎ】を実行しようと決意する。ただ、その行為は憂鬱なので、ちょっと気晴らしでもしようと考えた。そう思って手に取ったのが、そう、乙女ゲー『キラキラ☆☆恋スター　ときめきは永遠』だったのである。

「だってのに、どうしてまた雲田さんみたいな【自サバ女】が出てくるのよー!!」

私はそう言いながらゲーム画面を見る。攻略本によれば、このゲームは主人公のリリアンが様々な男性と行うハートフルな恋愛を楽しめる内容と書いてあった。相手は隣国の皇帝や幼馴染の辺境伯、騎士団長などがいる。だが肝心の婚約者の王子もまた、からの恋愛の対象になっているのだ。これはどうやら、妹がこの後、色々と手練手管を駆使し罠を仕掛け、社交界に悪い噂を流したり、イジメられたと嘘を流したりすることで婚約破棄を成立させるよう暗躍し、そのために恋愛が0からスタートするということらしい。ただ、この婚約者の王子が噂に流されて婚約破棄を自らするのかと言えばそうではないようだ。プロフィールを読む限り、ずっとリリアンのことが好きなのは間違いないようである。つまりだ、妹の策略によって国王陛下と公爵が婚約破棄を決定してしまい、王子やリリアンとしては従わざるを得ない状況に追い込まれるということらしい。

「それって雲田さん……じゃない。この【自サバ女】のユフィーの嫌がらせが成功しちゃうってこと⁉　っていうことは、ユフィーの理不尽な【毒舌】を周囲の人達が認めるってことよね。自分が目立ちたいってだけでリリアンを【貶める】発言をしまくってる彼女に泣き寝入りしろってこと⁉」

その事実が、今日あった雲田さんとの理不尽な会話と完全にオーバーラップする。私は思わず叫んでしまった！

「どーしてこういう理不尽な裏表ばっかの【ネチネチ】した【下品】な【冷血女】が得するようになってんのよ！　我慢してる方が一方的に責められるだけってあんまりじゃない！　誰か一人くらい彼女の味方になってやれってのよー‼　家族も全員敵みたいだし‼」

そして、机をドンと叩きながら言ったのだった。

「もしも私が味方してあげられたら、攻略本を駆使してリリアンを何とか助けてあげるのに！　この邪悪な妹を何度だって、何回だって、【断罪して、ざまぁして、駆除】してやるってのにー‼」

そう言葉を発した、その時である。

『え？　あ、頭の中にお声が……。あの、もしかしてそこにいらっしゃるのは、運命の女神フォルトゥナ様でいらっしゃいますか？　それとも、やっぱり私の気のせい？』

こ、これは、もしや……。確認するまでもなかった。

「ま、またなのー⁉」

私の驚愕の声が部屋の中で轟《とどろ》いたのであった。

またしても私の声が天の声として、ゲームの主人公へと届くようになったのである‼

目の前のゲーム画面。そこには、

（え？　あ、頭の中にお声が……。あの、もしかしてそこにいらっしゃるのは、もしや運命の女神フォルトゥナ様でいらっしゃいますか？　それとも、やっぱり私の気のせい？）

という形で、リリアンの内心が表示されている。前と同じだ。慣れているせいか、驚きは少なかった。ただ、その代わり、私はすぐに謝った。

だって。

「ご、ごめんなさい。私ったら自分の境遇と重ね合わせちゃって。つい勢いで助けてあげるなんて叫んじゃったわ。でも、そんなのただの無責任よね。私の気持ちを押し付けてるだけだし。それに、あなたにはちゃんと幸せになれるルートが用意されてるから、きっと迷惑で……」

（あ、ありがとうございます！　女神様！）

え？　私が首を傾げているうちにも、彼女の感激した様子が映し出される。

（私のためにそんな風に怒って下さる方は今までいませんでした！　それに無責任なんかじゃありません！　女神様がどんなお立場にいらっしゃるのか分かりませんし、下界の住人には知る由もないことで恐れ多いことだと思います！　でも、本当に僭越《せんえつ》ですが、似た境遇の女神様が言ってくれた言葉が無責任なはずありません！）

『リリアン……』

（無責任というのは、ただ目立ちたいからというだけの理由で、人の悪口や悪評を流して自分を優位に立たせて婚約破棄を企んだり、重税を庶民にかけて贅沢三昧しながら着飾らなくても男達が寄ってくると公言するような人のことです！　殿下の前で身だしなみを整えてお会いした際に突然メイクが変だとか、男受け狙ってると言って場違いで下品な毒舌を吐くような人のことです！　そんな身勝手で理不尽な人の【踏み台】になるために、私の人生はあるんじゃありません！）

その通りだ。私は彼女の言葉に痛いほど共感する。

私も今日の食事は前に進むための大切な一歩だった。十年付き合った彼の浮気によって一方的にフラれたショックから立ち直り、新たな一歩を踏み出すための、シャルニカと約束した大切な日だったのに！　それを雲田かな江という【自サバ女】が榊社長を狙って自分をアピールして踏み台にするために、私の人生に対してあらんかぎりの毒舌を吐いたのだ。

そうだ。私たちの声はくしくも一致する。

「どうしてそんな人の気持ちを踏みにじる自分勝手な人間の踏み台にならないといけないのよ！」

（どうしてそんな人の気持ちを踏みにじる自分勝手な人間の踏み台にならないといけないんですか！）

と、その時である。先ほど部屋から追い出したリリアンを、またユフィーが呼び出す声が部屋の中からかかった。本当に下女か何かだと思っているのだろう。

入るとリリアンを立たせたまま、ユフィーは言った。

『そうそう、言い忘れてたけど、来月の王室主催のパーティーに持って行く刺繍《ししゅう》。いつもみたいに作っておいてね。言っておくけど、私のを一番にするのよ。あなたが目立つレースを作ったってどうせその顔じゃあ映えないんだから』

その辛辣《しんらつ》な言葉を聞きながらも、私はピンと来る。そして、リリアンに微笑《ほほえ》みながら告げたのだった。

「さあリリアン、早速【断罪】の策を授けましょう。だって、早速チャンスが巡って来たんだから」

(え?)

こうして、私とリリアンの【断罪】劇は幕を明けたのだった。

ゲーム開始【1】時間目.

1度目のざまぁ!

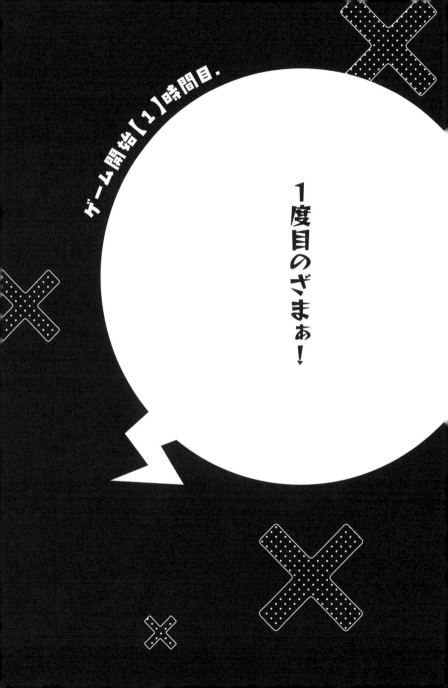

【Sideリリアン】

「どうしたのよ、返事をしなさい。なに、頭まで悪くなったのかしら？」

相変わらずお付きのメイドたちに世話をさせながら、私を傲然《ごうぜん》と見下しながら毒舌を吐くユフィー。王室主催のパーティーは毎年行われる大事なセレモニーで、そこに我が国カスケス王国の特産品である刺繍糸を使ったレースの編み物を持参することが伝統とされている。

私はてっきり、それを断るように指示されるのかと思っていた。でも。

『相変わらず酷い言いぐさね。まぁ、気にしないで。よし、リリアン。その依頼を快諾しなさい』

（い、いいんですか？）

戸惑いながらも、ユフィーの言葉に頷く。

「わ、分かったわ。どんな刺繍にする？　ハンカチでいいかしら」

「うーん、そうねえ。あなた良いアイデアはないかしら？　刺繍はあなたが男受けのためにわざわざ身に着けた特技でしょう？」

『どんだけ下品なのよ』

女神様の呆れたお声を聞いて、心が落ち着く。すると、決定的な答えを持っていることに気づいた。

殿下から直接、王室を象徴する『白いユリの花』を先般お会いした際にリクエスト頂いていたのだ。白ユリは王室の威厳を象徴するとともに、ますますの繁栄を願う意味も込められていて、王室の公式なる行事に持参するのに最も相応しい刺繍だ。

でも迷っている私に対して、ユフィーは饒舌になった。いいアイデアが思いついたらしい。

「ああ、そうだわ。頭の悪いあんたのアドバイスなんていらいわ。この前お父様が持って帰って来た『カラー』って花。あんたは何か無難な花を刺繍するのがお似合いだけど、私はあの花にしてちょうだい」

喜々として命令する。ただ、私は正直それに反対だった。女神様としては敵に塩を送ると思われるかもしれないけれど、つい声に出してしまう。

「あの、ユフィー。その花は止めた方がいいと思うわ。何でかって言うと……」

「あはははは!! 分かってるわよ、あんたって、似合いもしないのに、男を釣るためにお淑やかさを演じてるものねえ。だから、もっと清楚な花が良いって言うんでしょ? 女って本当に面倒くさいわねえ。で・も・ね。あたしはそんな男に媚びたりしたくないの。本当にあんたは卑しい女ねえ。私みたいにサバサバした考え方を見習ったらー? あっははは!」

「そ、そうじゃなくてっ……!」

「うるさいわね。あんた程度の女は、私の命令に黙って従ってればいいのよ」

私はちゃんと理由を説明しようと思った。でも、そこに女神様のお声が響く。

『リリアン。人の話を聞こうともしない。善意を悪意と毒舌で返して来る。そんな自称サバサバ女のありがたい【命令】よ？　強制されたあなたは何も悪くないわ、それに、ね』

女神様は全てを見透かしたように、優しくおっしゃられた。

『殿下はユリの花をあなたに刺繍してほしいとおっしゃったんでしょう？　それを妹に教えようとするのは、優しさだと思うけれど、殿下はあなただからお願いしたいんじゃないかしら？　それをあなたではなく妹が作ってきたらガッカリさせてしまうわ。何より、ユフィーは教えるなと命令しているのだから』

確かにそうだ、と納得する。

殿下は確かに私にユリの花の刺繍をご希望された時、「ぜひ君に刺繍してほしい。そして僕に見せてほしい」と目を見ておっしゃったのだ。それを妹といえども他人に漏らすのは殿下への不義理であることに気づく。

と、同時に、ユフィーがカラーの花の刺繍を【命令】し強制してくるなら、今の私の立場では受諾せざるを得ない。女神様のおっしゃる通りなのだ。それがどんな未来をもたらすか私には分かっていたが、もはやこの状況を覆してあげることは出来ない状況であることが理解出来た。

「分かったわ。命令通りにするわね、ユフィー」

「ふふん。あの優雅なカラーの花の刺繍が似合うのは私くらいだもの。あなたが卑しく嫉妬するのも分かるわ。でもリリアン、あんたには似合わないんだから気にするだけ無駄よ」

『最後まで冷酷なこと。でも、自サバ妹自身が言ったでしょ？　気にするだけ無駄だってね。あなたはユリの花を殿下のために誠心誠意、刺繍するのがひいては王家のためだし、ユフィーの命令通りにカラーの花を縫ってあげるのが彼女の心からの願いなんだから、彼女の顔を立ててあげるしかないわ』

（そうですね）

少なくとも私は何度も忠告をしようとした。でも、そのたびに私を罵倒してアドバイスを聞こうともせず、最後はカラーの刺繍を強制されたのだから、どうしようもなかった。

こうして私はレースの編み物を作り始めたのである。そうしているうちに、あっという間に王室主催のパーティーの日はやって来たのだった。

王室主催のパーティーは広大な城の庭一面を使ったセレモニーだ。給仕は優雅に、しかし忙しく歩き回り、公爵から男爵まで身分分け隔てなく参加している。デイミアン・カスケス国王陛下やロッティ王妃殿下はバルコニーから時折顔を出し我々のことをご覧になっている。当家の両親も公爵家ということで別室のラウンジで寛いでいた。

妹のユフィーは社交界では影響力がある。公爵家の令嬢でもあるし、私の悪い噂も積極的に流していることから、周囲には同年代の貴族令嬢や令息が自然と集まる。目立ちたがり屋なため声が大きいので、結構離れているというのに、こっちにまで声が聞こえてきた。

「あら、ミレイ男爵令嬢ったら、オレンジのカクテルなんて飲んでるのねえ。羨《うらや》ましいわあ。私そんな甘い飲み物苦手なのよねえ」

「そ、そうなんですね。どんなものを飲まれるんですか？」

気を使った男爵令嬢の声が微かに聞こえてきた。

「ええー！　私ってどうしてもウイスキーとかワインみたいな男性が好きそうなものしか飲めないのよねえ、ふふふ」

「あ、あはは。そうなんですね……」

その後も、ところであなたは何を飲んでるの、と似たような話題を他の貴族令嬢にも振っていた。

わざわざ付き合ってくれている子弟子女たちには頭が下がる。

さて、私はと言えば、婚約者であるジェラルド王太子殿下にエスコートして頂いている。公爵家では下女のような扱いで、ここでもラウンジから追い出された。地味なドレスを着せられ、メイクについても、何とか少数ながらも味方になってくれるメイドに即席で整えてもらったような有様なので、殿下をさぞやガッカリさせるかと思っていたが、気にされた様子はなかった。

それどころかお会いした途端に破顔して駆け寄って来られ、私の手の甲にキスをすると、そのままエスコートして下さったのである。

「あの、今ほどまでご挨拶されていた御令嬢が沢山周りにいらっしゃったのですが、放っておいてよろしいのですか？」

「え？　ああ、何か言っていたね。ピーチクパーチクとうるさいから助かったよ。今日もとても奇麗だよ、僕のリリアン。そうだ、ちょっと抜け出そうか？」

「まだ始まったところですよ⁉　大騒ぎになりますよ‼」

「ああ、そうだったっけ？」

この少しとぼけたところがあるのが、私の婚約者であるジェラルド・カスケス王太子殿下なのだ。

『へー！　プロローグ段階だと恋愛度ＭＡＸじゃない⁉　まぁ、本編でも一番人気の【溺愛ルート】だから、プロローグ段階から仕掛けたわけだけど、まさかこれほどとは！』

女神様の声が頭に響く。ところで、溺愛ルートとか本編って何でしょうか？　天界用語は難解過ぎると感じた。

そんな風に二人で過ごしていると、またしても大声が聞こえてくる。酔っ払っているのだろう。先ほどよりもまだ声が大きい。

「あら、ケイト次期子爵夫妻じゃない。久しぶりねえ！　楽しんでいるからしら？」

「これはこれは。ユフィー公爵令嬢様。ご無沙汰をしております」

「かたっくるしいわねえ。それより結婚して一年くらいかしら？　その後どうなの？」

「はい、とても楽しく充実した日々を過ごさせて頂いており……」

「そんなこと聞いてるんじゃないわよ」

「は？」

ケイト次期子爵夫妻から戸惑った声が上がる。

「夜の方はどうかって聞いてるのよ？　一年もたったんだから子供でも出来たんじゃないかなってね。どうなの、そこらへんは？」

「あ、いえ、それは、その」

『こんな場所で聞く事かっての!!　いや、どんな場所でも一緒か。デリカシーなさすぎなのよ!!』

（はい、本当にそうです。我が妹のことながらお恥ずかしいです）

と、そんなやりとりを、殿下や女神様としている間に、今日一番のイベントが開催されることになった。

刺繍をほどこしたレースの編み物のお披露目会で、他の貴族の御令嬢たちが続々と自信作を披露する。ハンカチに馬車をかたどったものや、雪の結晶をモチーフにした壁掛け、バスケット掛けなどもあって趣向が凝らされている。どれも見ていて目を楽しませてくれる。和気あいあいとして楽しい時間だ。

でも、そんな雰囲気を一気に白けさせるような大声が会場に轟く。

「ふふん。みんな必死ねえ！　ま、私も普段こういう女らしいめんどくさいことはしないんだけど、せっかくの王室主催のパーティーだから、ちょっと頑張ってみたら、一番凄いのが出来てしまったわ!!」

もちろんその声は妹のユフィーのものだった。もちろん、周りは引いてはいるし、本人も気づいていない。ただ、スフォルツェン公爵の令嬢である上に、公爵夫妻が彼女を溺愛していることは公然の事実だ。一方で、私は悪い噂がユフィーによって流されているので、

「毎年、ユフィー様の作品は素晴らしいですものね」

「早く見てみたいわ」

そんな追従する貴族の方が多い。しかし。

「姉のリリアンに持たせているのよ。さあ、姉さん、【私の作品】を皆さんに披露して頂戴!!」

『わざわざリリアンに持たせたのも、自分の方が姉よりも立場が上だと誇示するためね。さすが自サバ女。ま、でも、それが今回はより一層恥の上塗りになるわ。さ、ユフィーからの【強

制命令】なんだし、何を言っても聞かないんだから、しょうがないわ。披露してさしあげましょ？』

女神様のおっしゃる通りだ。どちらにしても逆らうようなことは出来ない。私はご神託にしたがって、ユフィーの作品を披露した。

それはカラーの花をあしらった、美しい純白のレースのカーテンだった。非常に良い出来栄えで、一部の貴族はそれを素晴らしいと反射的にほめそやす。

しかし、ほとんどの貴族たちはハッと息をのむ。

「一体どういうつもりなんだ？　ユフィー・スフォルツェン公爵令嬢？」

硬質な、今まで聞いたことのないような冷ややかな声が響いたのである。隣にいらっしゃる王太子ジェラルド殿下であった。

「こんな我が王室にとって呪いの花をあしらった代物を。しかも我が国特産物のレースに施し、王室主催のパーティーに持ち込むなどとは！　侮辱するにもほどがある！」

その声は普段の私に対する優しい物とは違い、罪人を咎め立てるような厳しいものであった。

そっと国王陛下たちのいるバルコニーを見上げれば、まったく同様の表情をした陛下と妃殿下がいらっしゃったのである。

『ふ〜、本編イベント、やっぱりここでも発生させられたわね』

一方で、女神様のしてやったり、という声が私には届いていたのだった。

「へ⁉　え⁉　の、呪いの花ぁ⁉　ど、どどどど、どういうことなのお⁉」

『呆れた。他人を責めるのは得意なくせに、自分が責められるのはてんで慣れていないようね』

女神様の呆れた声が響いた。

殿下が心底呆れた仕草で前に進み出ると、そのカラーの花をあしらったレースのカーテンを指さして言った。

「どうして僕の。いや王室の逆鱗《げきりん》に触れているか教えてやろう、ユフィー・スフォルツェン公爵令嬢。我が王室の始祖、ギルバート一世が逝去された理由が、カラーの花が持つ猛毒で暗殺されたからだ！　ゆえに、王室にとってカラーは忌むべき花だ。無論、他の家がどのような花を愛でようが王室が関知するところではない。だが、王室主催の祝いの席にカラーを持ち込むなど言語道断だ。こんなことは王国貴族の令嬢であれば当然知っておくべき常識だろう、恥を知れ！」

厳しく、多数の貴族を前に叱責されたのだった。頼りの両親も今は別室にいてすぐに駆けつけることが出来ない。

貴族たちの間からもヒソヒソと、ユフィーの常識のなさを揶揄する声や、嗤う声が聞かれた。

（よりにもよってカラーの花をレースに刺繍して持参するなんて、センスがあるない以前の問

題だぞ)

(話題を集めることに成功したみたいね、悪い意味でだけど、ふふふ)

(どういう教育をされてるんだ。教養がなさすぎるだろう。甘やかされすぎて頭が悪くなりすぎたんじゃないか?)

「くっ⁉　んぎぎぎぎぎぎぎ‼」

周囲の評価に人一倍敏感なユフィーだ。そうした陰口を聞き洩らすことはない。歯ぎしりして悔しがりながら、顔を怒りで真っ赤に染める。

だが、名案を思い付いたとばかりに目を見開くと、今度は笑い出した。

「お、おほほほほほ‼　ち、違うんですのよ殿下！　これは姉のリリアンが作ったものなの！　勝手にリリアンが作ったもので、私が悪いんじゃないわ‼　こんなものを私が作るわけないでしょう‼」

そう言って、広げられていたレースのカーテンをテーブルから叩き落した。

「ほう。だがお前は先ほどはっきりと【私の作品】と言っていたぞ?　つまり、【虚偽】の申告をしていたということになるが?　王室主催の催しで、嘘を吐き、作品を提出したというのか?」

私もそこには口をはさんだ。

「ユフィー、王室に対して嘘を吐くのはさすがに駄目よ。今すぐ訂正しなさい」

「はぁ⁉　あんたのせいでしょうが！　あんたごときが誰に意見してっ……！」

「黙りなさい！　これはいつものような個人の話ではないの！　公爵家として王室への忠誠が試されているのよ！　私には何を言ってもらっても結構だけど、王室に嘘は絶対に駄目！　公爵家が王室主催のパーティーという公然の舞台で、そんな振る舞いをすれば、王国の秩序に関わる問題になる‼　そんなことも分からないの‼」

「ぐ！　ぐううううううううう‼」

『猪みたいな奇声あげてるけど、本当にそうよね。貴族たちが見守る衆人環視の中、王家に堂々と嘘をつく公爵家なんて、いつ謀反《むほん》を起こすか分からない存在だって自己紹介してるようなもんだし』

　しかし、そこまで正論を重ねても、ユフィーは自分が悪いとは認められないようで、更に言い逃れを試みた。女神様の命名された【自称サバサバ女】というのは、【他人を貶めることは平気】でも、逆は絶対に許容できない存在とのことだったが、まさにその通りであることが理解出来た。

「確かに私の作品なのは間違いありません。でもカラーの花を勝手に使って刺繍したのは姉なんです。私は一切モチーフには関与していません。うっ、うっ。きっと華やかな私に嫉妬して、陥れるための陰謀をくわだてたんです、うううううう‼」

この主張には一部の貴族が信じそうになる。普段から自分が目立つために、私の評判を貶める噂をユフィーが流しているので、私への評判は社交界で決して良くないからだ。

『自分の作品だというのは虚偽ではないけど、カラーの花を使ったのはリリアンの責任っていう風に、罪だけリリアンに押し付けようって魂胆ね。ていうか、そこまで自分の非を認めたがらないのも凄いわねえ。でも、本当に人の話を聞いてないわね。その上、軽薄で浅慮だわ。今の言葉がリリアンの罪を訴えたことになっていないことに気づいていないし、しかも、これまで社交界で自分が積み上げてきたものを全部ひっくり返してしまったことに全然気づいていないんだもの』

はい、と私は内心で頷きつつ、ユフィーのことを哀れむ。

だが、ここで口を閉ざすわけにはいかない。まずは私は淡々とユフィーに理屈を説いた。

「ユフィー。先ほどの殿下のお言葉を聞いていなかったの？　別にカラーの花をモチーフに編み物をするのも育てるのも何ら問題ないことなのよ。殿下は先ほどはっきり『他の家がどのような花を愛でようが王室が関知するところではない』と寛容にもお許しを下さっているのだから。でも、それを作品として王室主催の公然たるパーティーに持ち込むのは禁忌だと言っているのよ。私があなたに【命令】されて仕方なくカラーのレースを編んだのは事実よ。それは認める。でも、そもそも殿下はそのことを咎めている訳ではないの」

「は、はあああああ⁉　なんでそうなるのよ！　屁理屈こねてんじゃないわよ！　私より頭の悪いあんたがっ⁉」

『ただの暴言を吐きだしたわよ、サバサバ女さんが……』

ジェラルド殿下はそんなユフィーを見て、心底蔑《さげす》んだ口調で彼女に告げる。

「ユフィー・スフォルツェン公爵令嬢。貴様は本当に馬鹿だな」

「なっ⁉」

泣きまねをして同情を引いていたユフィーは、殿下の言葉にあっさり一刀両断され、泣きまねどころではなくなったようで、驚いた顔で目を見開くと、顔を真っ赤にして怒鳴った。

「馬鹿とは何ですか！　馬鹿なのはそこのリリアンです！　カラーの花をあしらったレースのカーテンを編んだりしたんですから！　私は悪くない‼」

「その話はもうさっき決着がついている。他にもお前は自分がとんでもない事実を自ら告白してしまったことに気づいていないようだ」

「は、はぁ⁉」

「お前はモチーフに関与すらしていないと言った。その上、カラーのモチーフを編んだのもリリアンだと。それが本当だとすれば、お前はこのレース作りに何も関与していないのと同じということなのだぞ？　それに刺繍の美しさを見れば同じ人物が刺繍したことは一目瞭然だ。すなわち、お前の作品は毎年リリアンが編み、それを自分の作品として、この王室主催のパーティーに持参していたということだ。それ自体は別に構わない。姉妹や友人に手伝ってもらうことは珍しいことではないからだ。だが、お前は毎年【自分が編んだレース】だと言って自慢した上に、姉のリリアンの作品を貶める発言を繰り返していた。あれは全て【虚偽】だったわけだ。何年にもわたり王族を含め、全ての貴族らに対して嘘偽りを堂々と喧伝《けんでん》していたことになる。それをお前はさっき、自ら堂々と、王室主催のパーティーで、宣言をしたのだ。理解したか？」

「ち、違うわ！　虚偽をしていたのはリリアンよ！　だって自分の作品を私の作品として出品していたんだから。私がどうして責められないといけないのよ！」

『話の筋を理解してないわねー』

たまらず私もたしなめるように言う。

「ユフィー、私が作って【あなたの作品】として出品するのは構わないって、殿下はおっしゃって下さっているのよ。実際、誰もかれも編み物が得意なわけじゃないし、お祝いの席なんだからそんな堅苦しいものじゃないの。でも、あなたは【自分が編んだレース】だと言って回っていたでしょう？　私はどんなふうに言って回っているのかまで詳しく関知してなかったけど、沢山の人がそれを見聞きしているみたい。なら、それは間違いなく嘘だわ。注目を集めたいからと言って、できもしないことを言って回るのは恥ずかしいことよ、ユフィー。それに、こうした社交界は公然の場。信用が最も大事な場所。そんな場所であなたが目立ちたいばかりに、王族や貴族の皆さんを前に嘘偽りを言っては決していけないの。なぜならあなたは公爵令嬢という立場ある身なのよ？　公爵家の看板に泥を塗っていることを自覚しないといけないわ」

私は彼女がこれ以上、貴族として醜態をさらさないよう、しっかりと指をさして退路を断つ。

『よっしゃあ！　完璧よ、リリアン！』

女神様の快哉《かいさい》の声が届く。

「リ、リリアンンンン!?　あ、あんたああああああああああああああ!!」

私を恨みがましい目でにらみつけるユフィーだったが、そのやりとりの一部始終は集まった貴族たちに全て見られている。貴族たちは口々に発言を始める。

「毎年の刺繍を作っていたのは姉のリリアン様だったのか」

「それを自分が刺繍したレースだと、あの妹は毎年ずっと俺たちに嘘を吐いていたわけか。しかも、姉のことをとても悪く言っていたな。不器用だとか、自分より劣っているだとか、頭が悪いだとか……。暴力を振るわれることもあるが、自分は優しいから決して責めたりしないとか」

「男受けを狙ってるけどセンスが無いから貧相なドレスやメイクになっているとも言っていたな。ここだけの話、誰にでも股を開くとか下世話な噂も流していたぞ！」

「ああ、それは俺も聞いた。だが、今のやりとりを見る限り、どうやらその【イジメ】の事実や【悪い噂】は、どうやら根も葉もないものらしい。よく自分で、サバサバしてるとか言っていたが、とんだ嘘だな。本当はネチネチ女で、【イジメ】をしているのも、【悪い噂】を流しているのも、あのユフィーという妹の方なわけか」

『長年嘘を吐いてきたことに加えて、今の責任転嫁を必死にする様子を見て、彼女の社交界で流してきた【イジメ】やら【悪い噂】が全部、ユフィーの嘘であることが露呈《ろてい》したわね。もちろん、全ての事実を確認したわけじゃないでしょうけど、少なくとも、刺繍に関して流していたリリアンの悪い噂は嘘だったのだから、他の噂を本当だと判断する方が逆におかしいわよね。つまり、今までしてきたユフィーのリリアンに対する【イジメ】の事実が、王室主催のパーティーという公然の舞台で白日の下にさらされたってわけね。こりゃ立つ瀬がないわね、完全に自業自得だけど』

そう。しかも今までのイジメの事実が公然と露呈した上に、王室主催のパーティーに、禁忌であるカラーの花のレースを【自分の作品】として持参した事実も何ら変わっていないのだ。

「ぐううう。許せない、許せない。私にこんな恥をかかせるなんてぇ！　覚えてなさいよ、リリアン！　ただで済むとは思わないことね!!」

彼女は顔を真っ赤にして、捨て台詞を吐いて駆け出したのであった。

「最後まで本当に下品な女だ。それにしても僕のリリアンに暴言を吐いて行ったね。イジメや悪い噂も流していたのか。よし、処刑していいかな？」

「だ、駄目ですよ！」

なぜか殿下は私以外の女性には時にとても酷薄なので、本当にやりかねないので焦って止める。

『過激な愛よねえ、羨ましい。のかな？』

（もう、女神様ったら、他人事だと思って!?）

「それはともかく、あんな女がのさばっているとすれば、公爵家の両親も碌でもないってことだね。僕のリリアンの安全が第一だし、計画を早めるか……」

何か殿下がおっしゃられていましたが、よく聞こえない。

まぁ、とにもかくにも、こうして、ユフィーは、王室主催のパーティーという最高の舞台で、今までしてきたイジメの事実を王族や貴族たち衆人環視のもと露呈させた上に、王室を侮辱するカラーのレースの編み物を持参するという最悪の形で、今まで社交界で築いた評判をほんの数時間のうちに全て失い、立場を失ったのだった。

『すぐ謝れば済む話なんだけど、それが出来ないのよね、ああいう白サバ女は』

そんな女神様の言葉には頷くしかない。

ちなみにだが、私の用意していた白ユリのレースは、本当に慎ましやかなドイリーだ。

殿下が仕事をする際にコースターや、ただ鑑賞するためだけに壁掛けなどに使用されるのだが、それがあると仕事が百倍速く終わり、私に手紙を書いたり、会いに来る時間を確保することが出来るらしい。

「じ、冗談ですよね？」

「僕の仕事量を知ったら、きっと冗談とは思えなくなるよ、ふっふっふ」

とにかく愛されていることだけは確信できたので、私は思わず顔を赤く染めてしまうのだった。

ゲーム開始【2】時間目.

2度目のざまぁの準備は万端

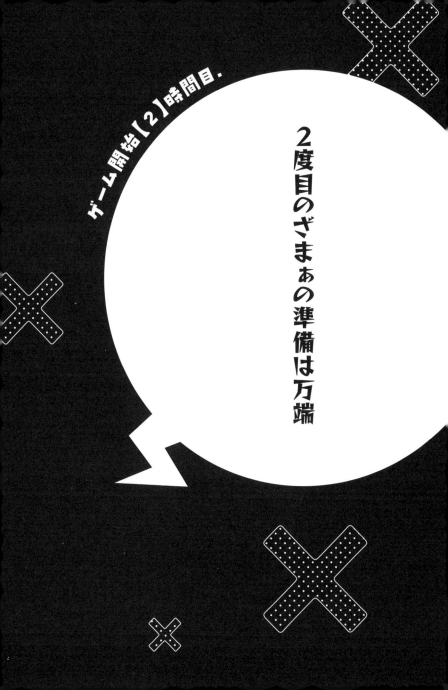

【Ｓｉｄｅリリアン】

「女神様のおかげでユフィーに変な噂を流されることももう無いと思います。本当にありがとうございました」

私は王室主催のパーティーの終了後、事情を知悉《ちしつ》したジェラルド王太子殿下がお城に特別に用意下さったお部屋で、一人休んでいるところだった。

「リリアンが公爵家でどういう扱いを受けていたのか初めて知ったよ。どうだろう、ご両親と妹が不慮の事故に遭《あ》うというのは？　ああ、そこまではしなくていい？　そうか、本当に優しいね、僕のリリアンは。……それにしても、ユフィーがイジメや悪い噂を流していたという情報が僕の耳には全く届いていなかった。そうしようと裏で動いていた勢力がいるわけか。僕とリリアンを引きはがそうとするとはね。できるだけ無残に散ってもらうことにしよう」

後半の殿下のお言葉は冗談だとは思うのだが、ともかく私を思って慰めて下さっているのだと思うと嬉しかった。

それにしても、パーティーではちゃんと役割を果たせて良かったとホッと息をつく。

公爵家では……。つまり家族として何か嫌がらせをされたとしても、それはあくまで家族の中の話であり、わざわざ言い争う必要もないから、言い返したりしない。

しかし、妹には可哀そうだったかもしれないが、社交界という公然の場で虚偽を行うことは絶対にタブーなのだ。とりわけ、王族を前に虚偽を行うことは謀反を疑われても仕方ない。だからこそ、あの場ではっきりと罪の所在を明らかにすることは貴族として当然のことであった。

「きっとユフィーも殿下に叱責されたのですから反省して、もう王太子妃になりたいなんて言うこともなくなると思います。とても安心しました」

『両家で決定した婚約相手を理由もなくコロコロ変えるなんてことが簡単に出来るようになったら、政争の火種だらけになるものね』

「本当にそうなんです。もちろん、私が急逝《きゅうせい》したり、犯罪をおかすなどすれば話は別です。しかし、兄弟間や姉妹間で、兄弟、姉妹の、誰が、どこの令嬢を娶るか、誰の元に嫁ぐかというのは、お家騒動に発展する可能性が極めて高い、とてもデリケートな政治的問題なんです。それなのに、理由もなく婚約者を変更するような愚行を公爵家が実行してしまえば悪しき前例になり、ひいては国益を大きく損なうでしょう。今回の件でユフィーも諦めてくれたと思います」

『さっすがヒロイン。王太子妃に選ばれるだけあるわねー。ちゃんと国や領民のことを一番に考えてるんだもん！』

「ヒロイン？」

天界用語でしたね。

『おっと、忘れて。でも、リリアンは姉だからこそ、優しいからこそ、見落としている点があるわ』

「え？　それは一体……」

私の疑問に女神フォルトゥナ様はお答えになる。

『リリアンはユフィーが今回のことで反省して、王太子妃になりたいなんていう妄想を断念したと思ったようだけど、それは間違いよ』

え？

唖然《あぜん》とする私をよそに、女神様は淡々と言葉を紡ぐ。

『だって、そもそも、姉の婚約を無理やり解消させて、王太子妃になることでどれだけ国の安定を損ない、民の暮らしに被害を与えるかをユフィーは理解していなかったのかと言えば、そんなわけないでしょ？　だって、仮にも公爵令嬢なんだから、婚約者をとっかえひっかえすることで国益が損なわれて、国がグチャグチャになって、国民らが不幸になるなんて。そんなことは百も承知のはずよ』

「た、確かにそうですね。えっ、そ、それじゃあ」

私は思わずゾッとしながら聞く。信じられないという思いで一杯になりながらも。

しかし、一方の女神様は神託として確信をもってお告げになられる。

『そう、反省なんてしないわけだから、王太子妃になることを諦めるなんていう道理は彼女には通じないのよ。だって、国が荒廃することや、領民がどんな悲惨な目に遭うか、なんてことよりもあの自称サバサバ女は【自分が話題の中心にいること】の方が大事だったのだから！　自分が賞賛されるためなら、周囲の人達を傷つけるし、実際にあなたは公爵家で散々な目に遭っている。あとね、これは見方の問題だけども、王室主催のパーティーで今回、他の貴族たちを騙してきたことがバレたけど、あれも嘘を吐かれた貴族たちにとってみれば凄く迷惑な話だと思わない？　彼らも実は騙された被害者で、実際、あなたを誤解していたことで傷ついた人達も大勢いると思うのよ』

女神様の見識の深さに痛感する。そうだ、ユフィーは全て分かっているのだ。どれだけ周囲が迷惑するのかもすべて。それを理解したうえでも、私たちの婚約を解消させ、ジェラルド王太子殿下を寝取って、王太子妃として人々の注目を浴びようと画策していたのである。

『ユフィーは反省なんてしていないわ。むしろ、今回の件で、自分が注目され、賞賛されるはずの場であった社交界での立場を失ったから、必死に挽回しようとしてくるはずよ。そして、そのために一番効率的な方法を採用するわ！』

ま、まさか!?

私は妹の次の行動を確信して驚愕《きょうがく》する。

「ジェラルド王太子殿下へ直接アプローチをするということですか⁉」

『その通り！　裏でコソコソ嘘の噂を流したりする手法はもう使えない。だとすれば直接手段に訴えるはずよ！　ズバリ！　三日後の殿下とのお忍びデート中に妨害行為を仕掛けてくるわ！　ここで邪魔をしてあなたの評価を下げた上で、殿下に直接アプローチするっていう作戦よ！　攻略本でもそういうイベントがあるから間違いないわ！』

攻略本。天界用語ですね！

「普段、あんなに自分はサバサバ女だと自称しているのに……。社交界で総スカンを喰らったら、そんなことをするんですか⁉　それのどこがサバサバ女なんですか⁉」

思わず叫んでしまうが、

『自サバ女はね、集団が大好きなのよ。チヤホヤされるのが大好きな、ネチネチ女なのよ』

何かを悟ったような声で女神様はおっしゃった。天界でもきっとご苦労があるのだろうなぁ、と不遜にも女神様の境遇に思いを馳せてしまう。

それはともかくとして。

『えっと、攻略本によれば……。なるほど。あー、でもこれってむしろ好感度アップイベントか。哀れね、ユフィー……、自分から断罪されるフラグを思いっきり健てに行くなんて』

「女神様？」

『なんでもないわ。そうね、一つだけ策を授けておくわ。念のためだけど、いざとなったらこうしなさい。ゴニョゴニョ』

「えっと。は、はい、分かりました！」

こうして、私と女神様の二回目の断罪劇が幕を開けたのだった。

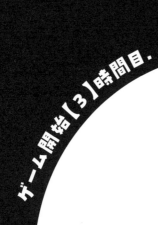

ゲーム開始【3】時間目.

デートで姉に恥をかかせて
失望させて、
私が殿下と良い仲になるわ！

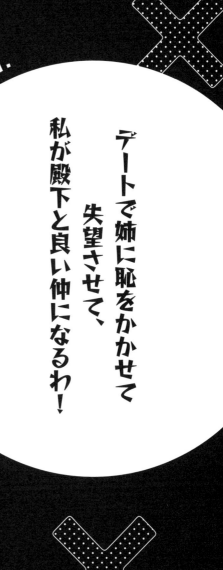

【Ｓｉｄｅユフィー】

「あの屑女《くずおんな》ぁあああああああああ!!」

私は公爵家の自室で、用意されていた陶器のカップをテーブルから床に払い落す。けたたましい音を立てて、カップは割れ、中身の果実汁が床にぶちまけられた。

だが、そんなもので私の怒りが収まる訳がない。

メイドたちが怯えている。いつもならば私が不機嫌な時は、姉の至らない点を一緒にあげつらい、私の素晴らしさを誉めそやすはずなのに、今のこいつらはそれをしようともしない。それがまた気に障った。

だが、何より気に入らないのは、リリアン。姉があの王室主催のパーティーで私に大恥をかかせたことだ！　おかげで私が築いてきた社交界での地位は完全に崩壊してしまった！　しかもだ！

「身分の高い、しかも王太子殿下から直接怒られるなんて！　悔しいいいいいいいい！」

私は地団太を踏んで悔しがる。そして更に！

「私は社交界の花だったのに！　私が出ればそれはそれは周りに貴族たちが集まって、私を褒めたたえてくれた！　常に話題の中心だったのよ！」

それが今はどうだろう。

王室主催パーティーでの失態は、殿下自ら叱責されたこともあいまって、既に噂となって全ての貴族が知るところとなった。出席すれば笑い者になるだけだ。

「あの女。リリアン。あいつだ。元々気に食わなかったのよ。ぶりっ子で男に甘えるのが上手な媚びた女！　実際は似合わないブスのくせに。殿下へ普段から女をアピールしやがってぇ!!　お前みたいな裏でコソコソする女は最低だってのよ！」

ミシミシ！　と持っていた扇をへし折れそうなほど思わず曲げる。

「はぁはぁはぁ」

私はそこまで怒りをまき散らしてから、やっと少し落ち着きを取り戻し始める。

怯えていたメイドが目に入ったので、ニコリと微笑んであげた。

「はぁ、スッキリしたわ。まったくリリアンみたいなネチネチした女が多くて困るわ。やっぱりお友達になるなら貴族のご令息の方が気が楽ねぇ」

「そ、そうでございますね。お嬢様」

「あら、私ってちょっと男っぽい性格だから、怯えさせてしまったわね、ごめんなさい」

「と、とんでもありません。さすがお嬢様は、その、大人でいらっしゃいます」

私はその言葉に気を良くし、声が大きくなる。

「そう！　そうなのよ！　サバサバした大人の女だし、男っぽくてさっぱりしているでしょう？　そのせいで起こった今回の誤解も解けると思うのよねえ」

「ご、誤解でございますか？」

「そう！　はっきりものを言う癖があるから、それがまるでイジメに見えたり、悪い噂を流していたように誤解されたみたいだからさあ。でも誤解だもの。きっとすぐに解けると思うの！　そのためには、殿下と直接お会いして、ゆっくりお話をして親睦を深めてお友達になることが大事よねえ」

　私は名案だと思って、思わずニヤリと唇を歪ませる。

「ご令息の殿方のお友達ばかりなのよ、私ったら。だから、きっと殿下ともすぐに良いお友達になれると思うのよ。別にそんなつもりはないのに、朝までお酒を飲んでそのままお泊りなんてことにも！　そうすれば、うふふ、またあの華やかな社交界に復帰出来るわ。それだけじゃなく、王太子妃になって、誰もかれもが私に注目することになる！」

　何ていう名案なんだろう！

　私は早速作戦を練り始めることにする。どんな方法が良いだろう。こうして何かに集中するのは本当に楽しい。

「あのネチネチした姉の評判を落としてやって、私の方が本当は殿下のパートナーに相応しいってことを証明してやるわ。くすくすくす」

思わず笑いが漏れる。

と、その時、天啓としか言えない情報が耳に入ったのだった。私はメイドたちに向かって言う。

「三日後、リリアンが戻ってくるらしいけど、お父様によれば、なんとその際に街へお忍びでデートに行くそうだわ」

私は舌なめずりしながら言う。

「その際に邪魔をするわ。とんでもない恥をデート中にかかせて、ジェラルド王太子殿下がリリアンに失望するようにするのよ！　そして、そんなリリアンの本性にガッカリしたところに、この世界の花であるところの私が現れて、颯爽と愛を囁くの!!」

完璧な作戦だ。メイドたちも微笑みを浮かべていて誰も異論はない。

「そうだわ、その際の姿はお父様とお母様に頼んで作ってもらった最高のものにしましょう！」

私の優雅さを引き立たせるピンク色のドレスだ。スカート部分はこれでもかというほどチュールやレースを重ねて嫌でも目を引く豪華な形状にした。胸あたりから胴にかけては遠くからでも目立つガーリーな刺繍をほどこしている。デコルテは大胆に肩を出して肩紐もなくした。髪には宝石をふんだんにちりばめたティアラ、ネックレスも同様だ。

「リリアンみたいなブスには似合わないけれど、私にはぴったりよね。そう思うでしょう？」

「お、おっしゃる通りでございます、お嬢様」

「でしょう！　駄目だわ、私は良いお友達になりたいだけなのに、きっと殿下の方からもっと仲を深めようしてくるわ！　あっはははははは！」

「そ、そうでございますね……」

「ふふふふふ。これで私は王太子妃にもなれるし、社交界の花に返り咲くこともできる！　何より、あの男に媚びて淑女らしくしてるネチネチしたぶりっ子する、うざい姉に徹底的に恥をかかせられる！　私の邪魔をするあいつを今度こそ排除できるのよ!!　こんなに痛快なことはないわよねえ！　あーっはっはっは！」

その哄笑《こうしょう》は高らかに屋敷中へと響き渡った。

さあ、そんなことを考えているうちにその日はすぐにやって来た。

とうとう城に宿泊していたリリアンが帰って来たのだ。

「ついに私の時代が戻ってくるのね！」

私は数人のメイドたちを連れて、姉と殿下の後を追うようにして、コソコソと尾行を開始したのであった。

リリアンと殿下は連れ立ってスフォルツェン公爵領の中心都市である『エルミナ』へのお忍びのデートに出発した。殿下はシンプルながらも品のある黒いスーツを着用している。一方のリリアンはフレアスカートと花柄のブラウス、茶色のパンプスという市井に紛れこみやすいものだ。

公爵領の中心都市だけあって、街はそこそこ活気に満ちていて、商店が軒を連ねている。ただ最近、また少し税を重くしたので人出が少なくなっているようだが、まったく情けない。私みたいに前向きでない人間が多くなくて嫌になる。少しは私を見習えって感じよねえ。

そんなことを思いつつ二人の後を付けた。すると早速計画通りチャンスが巡って来る。

ここ『エルミナ』のデートスポットとして、大きな公園の中に手漕《てこ》ぎボートでゆっくり遊覧できる湖がある。

私みたいな男っぽい女は自分で漕ぐところだが、リリアンは案の定、女子アピールをしたいのだろう、殿下にオールを任せている。男受けを狙った典型的なぶりっ子で、女子の面倒くささを体現したような女だ。

ボートの上で媚びるような笑顔を殿下に向けていた。

「でも、ふふふ、その男に媚びたのが命取りよ。ようし、ちょっとお前、ボートで接近してリリアンに水をかけておやり。それで、リリアンのあの全然似合ってない服を水浸しにするのよ！」

それでデートは台無しになるはずだ‼

「えっ⁉　す、すみません。とてもではないですが、私の非力な腕ではオールを漕ぐのはちょっと……」

「はぁ～⁉」

私は激高する。

「何てめえまで女子アピしてんだよ！　時間が無いってのに、この役立たずが！　そんなドンくさいからこの前も男にフラれたんだよ！」

「うっ……。い、今はそのことは……うう……」

私はそのメイドが先日、意中の男性にフラれたことを知っていたので、ズバリ指摘してやる。サバサバしているので、こういう正論も伝えてやれるのだが、相手はなぜか泣きそうになっている。

「使えねえな。ちっ、時間がないわね！　見てな！　こうやるのよ‼」

私はほっかむりをして顔を完全に隠すと、こっそりとリリアンの背後へ回る。この後、リリアンの服が水浸しになって汚れ、せっかくのデートの雰囲気が台無しになるだろう。リリアンが殿下には似合わないブス女であることが露呈して、妹の私こそが王太子妃に相応しいことが自明のものになるのだ！

そう思うとほくそ笑むのが止まらない。つい唇を歪めてしまう。

「よし、行くわよ!!」

私は自分でオールを持つと小舟をこぎ出す！

ぐぎぎぎ！

確かに重い……。でも、デートを台無しにするためなら、どんなことでもしてみせる。これも全部リリアンのせいよ！　あのぶりっ子ネチネチ女がぁ！

最初はゆっくりだった舟は徐々にスピードを増していく。相手の舟は今は静止している状態なので、隣を狙いすまして通過するのは訳ない！

そして。

「あーら、ごめんなさーい!!」

軽くすれ違うようにして、すぐ真横を猛スピードで横切る！　その際、渾身の力を込めて「ふんぬ！」という感じでオールで水をリリアンに向かってかけてやった！

「きゃっ!?」

バシャーン!!

「あははは！　やったわ!!」

慌てているリリアンを首だけで振り返ると、思った通り、靴や服がびしょびしょで汚れていた。あれでは歩くことも出来ない。なっさけない姿ね!!

ふふふふ、思わず笑っちゃうわ！　これで、もうデートは失敗したも同然。デートが台無しになった上に、水でずぶぬれになった情けないブスのリリアンの姿に殿下はきっと愛想を尽かすはず!!

そう確信して、オールを漕いで遠ざかりながらも、顔だけ向けて遠くから二人の様子を見守る。

何か言い合いのようになっているのが見えた。

「あはははは！　これで晴れて私が王太子の婚約者として注目されることにっ……！」

そう確信して快哉を叫ぼうとした。だが、どうも様子がおかしい。

いぶかしんでいると、なぜかリリアンの方が頬を赤く染めて瞳を潤《うる》ませ、一方の殿下の方は嬉しくてたまらない、という表情になった。

「はぁ!?　んだよ、あのリリアンのうざい顔はぁ！」

と、そんな風に疑問に思っていると。

ヒョイ！

「ああ、お姫様抱っこされやがったあああああああ!?」

私は信じられないとばかりに目をみはる。

同時に悔しくてたまらない。

「なんでそんな風になるんだよ！」

湖は静かなので遠くにいる私でも耳をすませば、彼らの声が聞こえてきた。

「さ、この後は服と靴が乾くまではこうやって散策するとしようか」

「ジェ、ジェラルド様。それではジェラルド様の服も汚れてしまいますよ！　恥ずかしすぎます！」

「ああ、確かに。僕のリリアンの濡れた姿を他の男に見せる訳には決して行かないね！　じゃあ、人気のないところに行こうよ。それで服と靴が乾いたら、街に戻って、服と靴をプレゼントさせておくれ。僕の服も新調するとしようか。髪は幸い濡れていないようだし、それだったらいいだろう？」

「そ、それはいいですけど。でも、ジェラルド様も恥ずかしいでしょう？　いくら人気がないところといっても、こんなびしょびしょの女を連れてデートなんて……」

「いやいや、そんな訳ないよ！　むしろこうして君を白昼堂々とお姫様抱っこできるチャンスが巡ってくるなんて、きっと幸運の女神が僕に微笑んでくれているからだと確信したよ！　あ、ありがとうフォルトゥナ様ってね!!」

「ま、まぁ。それは当たらずとも遠からず、といった感じですが……。それにしても。お、重くないですか？」

「へ？　全然！　一生このままでも大丈夫だけど？」

「さすがにそれは、私が恥ずかしさで死んでしまいます！」

「ははは。冗談ではないけど、冗談ということにして。さて、それじゃあ出来るだけゆっくり移動しよう。それにしても嬉しいな、こうしてプレゼントの機会が向こうからやって来るなんてね！　なかなか豪華な宝石やドレスなんかに興味を示してくれないからなぁ、リリアンは」

そんな会話をしながら、堂々とお姫様抱っこをしたまま、ボートを岸に進めたのだった。

殿下は大陸一の剣の達人らしく、華奢に見えて楽々とリリアンをひざの上に抱っこしながら、悠々とボートを漕いでいる。

その光景がすごくむかつく！

「ぐ、ぐぎぎぎぎ!!」

私はボートの上で思わず地団太を踏みながら悔しがった！

水をぶっかけて靴や服を汚すという企みは成功したのに、逆に二人の仲を進展させてしまったからだ。

と、その時、別の岸に待機していたメイドたちが何か言っているのが聞こえた。

「なんだよ！　今私は気分がっ……！」

そう言いかけた時であった。

ドガアアアアアアアアアアアアアアアアアアアアン!!

メキメキメキ!!

「ぐえええええええええええ？」

「だ、大丈夫でございますか⁉　ま、前を確認されずにボートを全力前進させられるから⁉」

耳に入ってくるメイドたちの声で、私は自分のボートが岸に激突した衝撃で宙に投げ出されたことを理解した。

岸辺の泥濘《でいねい》の箇所に突っ込むように放り出されたために、服や靴が泥に塗れる。

「なんで私がこんな目に遭うのよおおおおおおお⁉」

こうしてやりたかったのはリリアンなのに、片やあちらは殿下にお姫様抱っこされ、片やこっちは泥塗れだ！

私はハンカチを噛みちぎらんほどに悔しがったのである。

「あの、ユフィー様、やはりまだ続行されるのですか？」

「当たり前でしょう！　ま、私って男っぽいところあるからね。女々しい女たちとは違って、こういう時、結構諦めが悪いのよね。さっきの失敗だって、もう全然引きずってないのよ」

泥を大急ぎで落とし、着替えの服を大至急買いに行かせて着替えた私は、次の計画にメラメラと闘志を燃やしていた。
まぁ、サバサバしている私にとっては、化粧が中途半端なことや、買ってこさせた服が思っていたものと違うなんてことは全然気にしていないのよね。ああ、サバサバ女で良かったわあ!!

「さ、さすがでございます」

「ええ。だから、次の嫌がらせの計画だって完璧よ。さっきみたいにショボい内容じゃないわ。綿密なものなの。ふふん、私ってこういう仕事が凄く出来るところもあるじゃない? だから一回や二回の失敗くらい何でもないのよ。そういうことも計算に入れておくのが出来る女ってわけ!」

「べ、勉強になります。それで、次はどのような作戦を?」

「ふふん。あの女が行きそうなところはしっかりとリサーチ済みよ。前々から似合わないのにお洒落なカフェが好きなのよね、あいつ。私だったらお酒だっていけるから、もっと良いバーに昼から誘っちゃうんだけどねぇ。まぁ、それはともかく、そこの店主は脅迫済みってわけよ。それでどうなると思う? そう、今日は臨時休業ってことにしてホールが使えないようにしてあるのよ!」

私は今度こそうまくいくことを確信して、会心の笑みを浮かべる。

「ふふふ。せっかくのデートのランチが台無しになるなんて最悪じゃない！　殿下には自慢のお店だって紹介しているのに、いざ行ってみたら臨時休業だなんて、下調べもろくに出来ない女だって自己紹介してるようなもんよ！　これでリリアンは殿下に愛想を尽かされて、ブスはそのままポイって訳！　そして、満を持して私が王太子妃になってこの国の中心になるのよ！」

そう力説しているうちに、やはり狙い通りに、尾行していた二人はその店に到着する。だが、扉の前には『ＣＬＯＳＥ』の札がかかっていて、臨時休業であることが分かった二人は立ち尽くす。

中には店長がいて、リリアンが話しかけていた。ネチネチ女のリリアンのことだから、きっと、諦めきれずに店主相手に無理を通そうとしているのだろう。でも、しっかりと店主のことは脅してある。臨時休業を撤回することはないのだ。

その光景に思わずほくそ笑む。よし、今度こそ決まったぁ！　リリアンはこれで終わりね！

そう思って内心で哄笑を上げていた時である。

だが、

「それでは約束通り、厨房と食材を使わせて頂きますね？　それにしても今日は臨時休業だったんですね。ご無理を言ってしまったのでしたら、ごめんなさい」

「いえいえ。どういう理由か私も分からないのですが、とにかく今日はお店は休みにするようとの指示がとある方からありましたので。まぁ、しかし、厨房をお貸しするのとは関係のない指示でしたので良かったです。どうぞどうぞ」

老齢の店主はあっさりと二人を中に入れたのだった。

「……は？」

私は唖然とする。店主にもまさか「厨房を貸すな」などという指示まではしていないから、リリアンを阻んだりしない。

でも一体、どうするつもり……？

窓の外からそっと中を覗き見る。

リリアンはテキパキと厨房にある素材を使って、何かを作っているようだった。そして、

「店主さん。今日は厨房を使わせて頂いてごめんなさい。さあ、ジェラルド様、行きましょう」

リリアンはさっと材料代と思われる十分な金額を店主に渡すと、殿下に笑顔で声をかける。

「うん、そうだね」

二人は笑みを交わし合う。

い、一体どうするつもりなのか。何をしたって台無しになったランチという失点を取り返すことは不可能なはずだ！　私が思い浮かばない方法を、お前なんかが思いつくはずがない！

そう内心焦る私をよそに、彼女はあっさりと言ったのだった。

「サンドイッチをたくさん作りましたから、ピクニックに行きましょう。ご存じでしょう。この街の名前『エルミナ』は美しい緑豊かな丘稜がある地域、という意味が込められているんですよ。その名の由来である丘に行きましょう」

「最初聞いた時も思っていただけど、最高の提案だよ、リリアン。でも一つ疑問なんだけど、どうして公爵令嬢である君がそこまで手際よく料理が出来るんだい？　普通は雇ったコックがするものだろう」

「自炊……。えっと、趣味で料理をすることもありましたので」

「ふーん、なるほどね。僕のリリアンにそういう扱いをしたことについては後でたっぷりと何倍も後悔させてやるか。でも、リリアンの手作りのサンドイッチを食べながら、その美しい丘でデートが出来るなんて、今日は人生で一番輝かしい日だよ。ありがとう、リリアン」

「もう、大げさですね。いつも私といるときはそうおっしゃるじゃないですか？」

「そうだよ？　だって本当のことだからね」

「そ、そうですか……」

何、顔を真っ赤にしてんだよ。そういう男に媚びた仕草がうざいってのよ！

私がぎちぎちと音が鳴るほど爪を噛んでいる間に、二人は幸せそうな表情で会話をしながらお店を出て行った。

本当ならば追いかけなければならないところだが、少し気持ちを落ち着けてから後をつけることにした。

「ああ、むかつく！　ああやって男に手料理を振る舞うために普段から厨房に出入りしてやがったのね！　本当に男に媚びることしか考えてないから嫌になるわねえ。私みたいにサバサバした男っぽい性格だと自分で料理するとか、ちょっと思いつかなかったわー！」

私は何とか平静を装って言葉を紡ぐ。

「で、ですがどうしましょう。ユフィー様のランチ台無し作戦も突破されてしまいましたが……」

「分かってるわよ！　んな分かり切ってること言うんじゃねえよ！」

「ひっ！　も、申し訳ありません!!」

全然うまくいかないことに苛立つ。

だが、大丈夫だ。まだ最後の作戦が残っているのだから！

私はそれを思い出して、今度こそ失敗するはずがないと、ほくそ笑んだのである。

おっと、帰ってきたようね。丘陵はさすがに見晴らしが良過ぎて物陰が少ないため尾行は諦めた。

と、その時である。

「は、はぁあああ⁉」

私は思わず叫び声を上げる。

なんとリリアンの頬に殿下が口づけをしたのだ！

「いや、ごめんごめん。クリームがついていたからさ。とても美味しそうに見えたんだ」

「もうジェラルド様。そのようなことを外でされては困ります！」

「嘘ばっかり言ってるわ、あの女‼」

私は小さな声で悲鳴のように叫ぶ。

「えっと、嘘とは？」

「分からないの⁉　リリアンはわざと頬にクリームをつけたままにしていたのよ！　そして、これみよがしに殿下に媚びる態度をとって、ああやって頬への口づけをせがんだのよ！　モテないからってそこまでするなんて本当に男受けばかり狙う嫌な女だわ」

「そ、そうでございますね……」

そう私がリリアンを罵っていると殿下の声が響いてきた。

「あ！　もしかして嫌だった⁉　ごめんよ、君の奇麗な頬においしそうなクリームがついてたものだから、つい衝動でね。でも、そんな風に嫌がられていると分かったなら、もうしないよ。

というか、王都に戻って王太子の身分は捨てて、義絶の上、修道院に入ることにしよう。君に嫌われたならこんな身分意味ないしね……」

「嫌とは言ってませんってば！　ドキドキしちゃったのです！　あ、あの、外でなければ大丈夫ですから……」

「本当かい⁉　いや、良かった。心臓が本当に止まったよ。今度からは僕の私室でしようね。確かに君の言う通り、他人に見られると嫌だからね。僕だけのリリアンなわけだし」

「そういうのが恥ずかしいんです～」

まぁ、私と違って男受けの悪い姉のことだから、大した進展もないだろう。それよりも最後の仕掛けがある！

これは成功間違いなしの方法だ。

その仕掛けとはこうである。リリアンは男に媚びるからプレゼントを贈ろうとする。その際に立ち寄るであろうお気に入りの店もリサーチ済みだ。その店主をしっかりと脅迫して、注文したものとは違うプレゼントを渡すように指示してあるのだ。

「ひひひひ！　デートの最後にとんでもないプレゼントを貰った殿下はきっと愛想を尽かして、そして私の方が良い女であることに気づくって寸法よ‼」

「さ、さすがお嬢様です」

「ふふん。ま、こうやって十重二十重にも作戦を練っておくのが出来る女ってやつなのよね。その辺りがあんたたちとの違いって奴よ。私が将来の王太子妃として相応しい器ってことがあんたたちにも分かるでしょう」

私はふふんといい気になって扇子を開いてほくそ笑む。

「お嬢様、もうお二人がお店に入られましたが……」

「は？　ちっ、早く言えよ。そういう気の利かないところが、良い男をつかまえられない原因なのよ！」

「い、今はそれとこれとは……。い、いえ。も、申し訳ありません。さあ、お嬢様、それよりも作戦の推移を見守らないと」

「おっと、そうね。ふふん、こうやってハッキリ物を言っちゃうのよね、私ってサバサバ女だからさ」

私はそう言いながら、二人が出てくるのを待つ。

よし、リリアンの買ったプレゼントは紙包みに入れてあって、中身が何かは分からないようにしてるわね。

私は勝利を確信する。

リリアンのことだから男受けする何かを選んだと思うけど、店主にそれをこっそり、とんでもないものと入れ替えさせて袋に包ませたのだ。

街を歩く二人を追いかけると、やがて噴水のある広場に出た。プレゼントを渡すタイミングとしてはうってつけだ。

私たちは噴水の死角に回り込んで身をかがめて、息をひそめ、少しだけ頭をのぞかせて二人を見る。ここからなら声も聞こえそうだ。

周囲からはやや浮いているようで、あからさまに近づかないように距離を空ける者たちから奇異の視線が注がれるのがむかつく！

「あのジェラルド様。今日は本当にありがとうございました。楽しい一日でした」

「僕もだよ。今日は公爵家に宿泊させてもらう予定だから、また明日も一緒にいたいな」

「はい、ぜひ！　それで今日のお礼と言ってはなんですが、プレゼントを買ったんです。ぜひ受け取ってください」

「後ろを向いてって言われた時はびっくりしたけど、そういうことだったのか。嬉しいよ、リリアン！」

「もう、まだお渡ししていませんよ」

彼女は困ったような仕草で笑う。

それがいかにも幸せそうな姿で鼻について仕方ないが、それがこれから悲嘆に暮れる羽目になるかと思うと、思わず唇がにやついて仕方ない。

リリアンが袋を開けて、中のものを取り出す。それは……、

「きゃあ⁉」

「おっと⁉」

そう、それは『蛇の抜け殻』。こんなものを贈られて喜ぶ者がいるわけがない。デートの最後のプレゼントが『蛇の抜け殻』となれば全てが台無しだ！

「あは、あはははははははははは‼　終わりね、リリアン‼　これでうざいあなたは将来も下女として公爵家で飼い殺し、いえ、義絶して平民にしてやるわ！　一方の私は王太子妃として国中の貴族や平民たちから常に注目される的になるのよ‼」

私は声を抑えながらも歓喜にのたうち回るようにして叫ぶ！

だが、

「あー、これは『レプトルトゥナ』だね」

「え？」

「は？」

聞こえてきたのは、落ち着いていて、しかもなぜか嬉しそうな殿下の声なのであった。

ど、どうして⁉

「レプトが細くてしなやか、っていう意味で、ルトゥナはあの女神フォルトゥナ様のお名前を頂いているんだ。運命をしなやかに生きていく、っていう縁起のいい蛇なんだよ。嬉しいよ、リリアン！　僕たち二人の運命をこんな風にしていこうっていうプロポーズだよね!!」

「ええええええええええええ!?」

「はあああああああああああああああああ!?」

リリアンも私も驚くばかりだが、殿下は喜々とした様子で、自分のポケットからも手の平に載る程度の箱を取り出した。

そして、彼女の前で開ける。

「き、奇麗」

「プロポーズしてくれたからね。王家からの正式なものはまたセレモニーとして別途やんなくちゃいけない。でも、僕は僕の意思で君に指輪を渡したくってさ。ずっと持ってはいたんだ。いつ渡そうかと思っていたんだけど、今しかないよね。さ、指を出して」

それは贅沢に煌めく宝石やダイヤモンドが埋め込まれ輝いていた。王家の鷹の紋章が華麗な装飾として施され、高貴さを伴っている。緻密な技術によって金属の細工が施され、身に着ける彼女の指を華やかに飾っていた。

「普段、こういう豪華なものは断られるところだけど、今日くらい特別な日はいいだろう？

受け取るな！　受け取るな！　受け取るな！　そう心の中で願う私の心中など無視するように、絶望的な声が耳朶《じだ》を打つのだった。

「はい、喜んで、私の殿下」

そうして、二人はゆっくりと顔を近づけ、口づけを交わしたのである。

何でなのよおおおおおおおおおおおおおおおおおお!?

そんな私の心の中の呪いの声は誰にも届かないのであった。


さて、どれだけ時間が経過しただろう。

私が絶望しているところに、リリアンの声が聞こえて来た。

「えっと、女神様が……、このタイミングよね？　だから買い物は普通に……。でも、さすがにデートの最後が……アレだからって、これを……。えっと、あの殿下、実はまだお渡ししたいものがあるんです」

前半のほとんどは聞こえなかったが、最後の辺りは聞こえた。まだ何かプレゼントがあるらしい。

「クッキーを焼いてきたんです。良ければ帰る馬車の中で一緒に食べませんか？」

「それは嬉しいな！　あ、もしかしてリリアンも気づいていたのかな？」

「え？　あの、もしかして殿下は……」

「まぁ、直接の危害を加える可能性が無かったからね。証拠を揃えてしっかりと裁いた方が今後のリリアンのためになると思ったんだ。我慢するのが大変だったけどね」

　何のことだろうか？

　まぁもうどうでもいい。今日の作戦は失敗だった。リリアンが予想以上に男に媚びる力が強くて、私のサバサバした性格で想定する上を行っただけの話だ。まだ次のチャンスがある。私は失敗をグチグチするようなネチネチした女じゃないんだから！

　そう思ってその日は帰路についたのだった。


　だが、次の日。

『ユフィー・スフォルツェン公爵令嬢とぜひ話したいことがある』

　という殿下からのお呼び出しがあったのである。

　やっぱり来た！

　あの場は無理をしていただけで、やはりあんなデート一つ出来ないブスより、私の方が良い女だと自然に理解したのだ。

そうなれば早速おめかししないと。

「ふふふ、残念だったわね、リリアン。でも私ってばすぐに男性と仲良くなってしまうのよね。だから恨まないでちょうだいね」

私は喜々として、自慢のドレスを着用するためにメイドを呼び寄せたのであった。

ゲーム開始【4】時間目.

ジェラルド王太子殿下を誘惑する

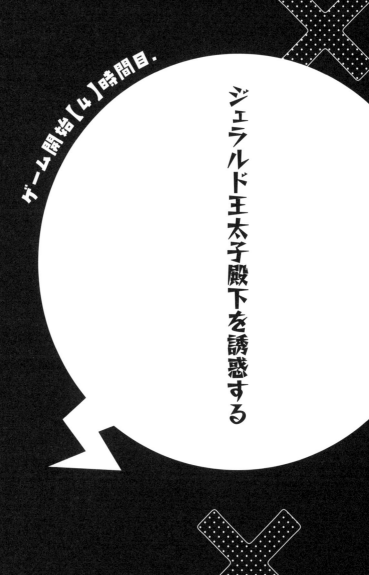

【Ｓｉｄｅユフィー】

私は今、ジェラルド王太子殿下に呼ばれ公爵家の有する広大な庭園の一角に来ていた。

その理由は、そう、殿下があの男に媚びるだけしか能の無いリリアンを捨てて、ついに私を選んで、直接告白するために違いなかった！

デートの邪魔は一見すると失敗したように見えたかもしれないけれど、殿下はきっと我慢していたのだ！　そして、とうとうその感情が爆発し私を選ぶことを決意したんだろう。リリアンみたいな媚び媚び女より、私みたいなサバサバ女に自然と男が寄ってくるのは当然のことだ！

告白されるにあたって服装は、私の優雅さを引き立たせるピンク色のドレスだ。スカート部分はこれでもかというほどチュールやレースを重ねて嫌でも目を引く豪華な形状で、胸あたりから胴にかけては遠くからでも目立つガーリーな刺繍！　デコルテは大胆に肩を出して肩紐もなし。髪には宝石をふんだんにちりばめたティアラ、ネックレスも同様だ。

だが、待ち合わせの庭園にはなぜか姉も一緒にいた。

「殿下も酷な事するわねえ。私に告白するシーンをリリアンに見せつけて、はっきりと私たちの置かれた格差を見せようだなんてえ」

今、幸せそうに微笑みを浮かべていて、殿下にいかに気に入られようか必死なのが見ていて伝わってくるので思わず失笑してしまう。ブスはそんなことしても何の効果も無いのに。これから捨てられて、王太子妃になる資格も失う。そして私が注目の的になるのだ!!

そう思うとほくそ笑むのが止まらなかった。これから私がまた社交界に戻り、さらに以前より一層周囲から賞賛の声を浴びることになるのだと思うと、唇が自然と歪んでしまう!

「さて、そろそろ時間ねぇ」

私は意気揚々と殿下の方へと歩み寄ったのである。

「あら、殿下、お久しぶりです! 先日はとても楽しいパーティーを開いて頂いてありがとうございました!」

「……」

こちらを一瞥《いちべつ》した殿下は言葉が出ない様子だ。

ふふふ、当然よね。私の美しいドレス姿に見とれているんだ。それがより一層、地味でブスなリリアンとの違いを際立たせている。

前回のパーティーのことなんて些細《ささい》なことだったのだ。殿下は私に夢中でそんなことは覚えていないといった様子に見える。

「この前はすみませんでしたぁ。私ってちょっと抜けているところがあって、リリアンとは違って趣味が女々しくないんですよね。男っぽくて、ちょっと変わってるっていうかぁ。そのせいで公爵家がご迷惑をおかけしちゃったみたいで、本当にごめんなさい。それで、ぜひ今夜お詫びもかねて殿下とご一緒したいんですけど、どうですかぁ？　リリアンはお酒が飲めなくてつまらないと思いますけど、私は強いお酒もいけるんで男友達も多いし、楽しい時間を過ごすことができると思いますよ！　お城で数日過ごされたみたいですけど、どうせリリアンったら殿下に対して夜にアプローチも出来てないんでしょう？　私だったら婚約者にそんな寂しい思いのする夜を過ごさせたりしないのに」

私はこれから告白されると思い、ついつい嬉しくて色々と殿下にお話ししてしまう。

男っぽい性格だから、男性とはこうして色んな話をして、すぐに楽しい時間を共有してしまうのよねえ。

「ねえ」

おっと、殿下が口を開かれた。きっと告白に違いない。そして、夜の酒宴への快諾だろう。

そう確信していた私の耳に、理解できない言葉が聞こえてきた。

「金輪際、僕と将来の王太子妃であるリリアンに近づかないでもらえるかな？　君が近くにいるとヂガガミズガエルがピョンピョン跳《は》ね回っているみたいでかなわないからね」

それは氷のように冷たい声だったのである。

「は？」

一方、私は殿下の言った言葉への理解が追いつかず、間抜けな声を庭に響かせることしかできなかったのだった。


【Ｓｉｄｅリリアン】


女神様がおっしゃっていた通り、妹はジェラルド王太子殿下を誘惑するという行為に出た。格好も屋敷の中でするような普通の服装ではなく、あたかも今日という日のためにあつらえたような、扇情的と言って差し支えないものだった。

『まったくどこがサバサバしてるのよ！　男友達の方が多いとかじゃなくて、単なる男好きでしかないじゃない‼』

女神様の鋭いご指摘が脳裏に響くが、おっしゃる通りだなと思った。

殿下からは妹を呼び出したと聞いていた。どういう内容のお話をするのかは、殿下も女神様も教えて下さらない。

そんな妹は殿下へやけに近い距離まで近づくと、いきなり舌ったらずな甘えた声で一方的に話しかけたのである。普通は一言ご挨拶をして殿下のお言葉を待つべきところだし、それにしても話の内容が酷かった。

「この前はすみませんでしたぁ。私ってちょっと抜けているところがあって、リリアンとは違って趣味が女々しくないんですよね。男っぽくて、ちょっと変わってるっていうかぁ。そのせいで【公爵家がご迷惑】をおかけしちゃったみたいで、本当にごめんなさい。それで、ぜひ今夜【お詫び】もかねて殿下とご一緒したいんですけど、どうですかぁ？　リリアンはお酒が飲めなくてつまらないと思いますけど、私は強い【お酒もいける】んで男友達も多いし、楽しい時間を過ごすことができると思いますよ！　お城で数日過ごされたみたいですけど、どうせリリアンったら殿下に対して夜にアプローチも出来てないんでしょう？　私だったら婚約者にそんな寂しい思いのする夜を過ごさせたりしないのに」

止めることすら忘れるほど頭が痛くなるような内容だ。

ただ、さらに殿下のご返答に驚いた。なぜなら、

「金輪際、僕と将来の王太子妃であるリリアンに近づかないでもらえるかな？　君が近くにいるとヂヂガガミズガエルがピョンピョン跳ね回っているみたいでかなわないからね」

だったからである。ヂヂガガミズガエルとはその独自の容姿から、万が一見てしまった令嬢は気絶してしまうと言われるカエルだったからだ。私は愛嬌があって可愛いと思うのだが。

「……は？」

という妹の茫然《ぼうぜん》とした声が広大な庭にひと際目立つように響いた。

『うはー、この王子、リリアン以外に容赦なーぃ！』

女神様の声に思わず赤面してしまう。だって、本当にそうだなと思ったからだ。普段の私に対する優しい殿下と、今妹を前にした殿下はまるで別人だ。私以外にはあの優しいまなざしや笑顔、温かなお言葉をおかけすることは無いのだと思うと、なんだかとても胸がドキドキしたのである。

ただ、そんな私の個人的な感情はともかくとして、二人の会話は続けられる。やはり最初は妹のユフィーからだった。

「ヂ、ヂヂガガミズガエルだなんて、もう殿下ったら、そんなジョークをいきなりおっしゃるなんて、凄く私を親しく思って下さってるんですねぇ！」

ユフィーが引きつった笑顔を何とか作って言った。

だが、殿下は実に容赦がない。

いつも私に向けて下さる温かな日差しのように感じる言葉や態度とは打って変わって、完全な氷のごとき声音だ。

「ジョークじゃないよ。それに、君なんかを親しく思う訳がないじゃないか。リリアン以外は僕の視界に入れたくもないよ。むしろ逆だね。見るだけで気分が悪くなる」

「なぁっ⁉　ど、どうして⁉　私をそんな風に思うなんてありえないわ⁉」

ユフィーは意外そうな顔で顔を真っ赤にして反論する。

『あっはははは！　この殿下いいわね。めっちゃ言うわねぇ！　確かに攻略本にも思ったことはハッキリ言うタイプって書いてあったけどさ！』

女神様はとても喜んでいらっしゃるようだ。ちなみに私は殿下からとめどなく放たれる愛の言葉にクラクラしている。

「やれやれ、その意外そうな顔をしているのが馬鹿の証拠なんだけど、気づいている？　少しはリリアンの聡明さを君も受け継いでいれば良かったのにね。どうやらそれは期待薄。いや、期待ゼロなようだ」

「は、はぁあああ⁉」

しかし、さすが女神様いわくネチネチ女の妹は、これくらいで諦めることはなかった。さっきよりも徐々に、ズリ……ズリ……、と微妙に気づかれないように殿下との距離を詰める。

「そ、それならこれから私の魅力を知ってもらえばいいだけの話ですわ、殿下。先日のお詫びも兼ねてどうぞ私とお食事をしましょう。リリアンみたいなつまらい女と違って、私、男性が飲むような強いお酒もいけるんですよ。もちろん、二人だけで。明日の予定もあけてあります。い・か・が・で・す？　で・ん・か？」

そう言いながら、さりげなく殿下の体にボディタッチをして、甘ったるい声で誘惑をしようとした。胸元のざっくりと空いたドレスからさりげなくその部分を強調するような角度を作っている。

しかし。

「気持ち悪い女だな」

「……は？」

殿下の言葉はいささかも揺るがず強烈だった。

いや、本当に。

私以外の女性にここまで冷たいなんて初めて知った。同時に、どれだけ自分が特別に思われているのかをなぜかユフィーのおかげで知ってしまう。

「なら説明してやろう。最初にお前が言った気持ちの悪い言葉だ。もし百億歩譲ってお前と少しでも友人のような関係になると仮定しよう」

『百歩じゃないんだ。百億歩なんだ』

それに呼び方もお前になっている。

「だとすれば、先日の王室主催のパーティーで我が王室のメンツを堂々と傷つけた事実を責任者であるお前は謝罪するべきではないのか？」

「は？　いえいえ、おほほほ。それは冒頭で謝ったじゃありませんか。お記憶にありませんか？　ちゃんと、我が公爵家としてお詫びを……」

「ほう、公爵家として、か。まぁそれは後でお前の父上に詰問《きつもん》するとしよう。現時点においては、あの侮辱の責任はお前個人にあることにしてある。それはパーティーの席でも言ったはずだぞ？　だが、お前からはまだ何ら謝罪の言葉を受け取った覚えがない」

「ぐ！　そ、それはその。あれは私のせいじゃ……」

「王室を侮辱し、一言も謝罪しない人間に対して、どうしてその王太子たる僕が親しく付き合わねばならない！　そんな道理が通る訳がなかろう、愚か者が!!」

『完璧な正論よね。いっそ、ここで謝ればまた違うけど。でも、自サバ女ってのはそうならないのよねえ』

女神様がそうおっしゃる。確かに謝罪すれば許してもらえるかもしれない。

今妹は王子を誘惑しようとしていて、私から殿下を奪おうとしている。だから、妹へ謝罪を促すことは助言にあたるだろう。でも、王室に対して侮辱を行ったことを謝罪していないということは、根本的に問題だ。

そう思った私は自然と口を開いた。

「ユフィー、今からでも遅くないわ。謝りなさい」

「⁉　うっせーんだよ！　殿下がいるからって調子乗ってんじゃねーよ！」

でも残念ながら返ってきたのは暴言だった。

「ふーん。公爵家でのリリアンの扱いを調べさせていたところだけど、本当だったみたいだね。それを直《じか》に見れただけでも価値がある。ふー。ちょっと待ってね。こんなに自分を制御するのが大変なのは初めてだよ」

スー、ハーと深呼吸をされてから、殿下は落ち着いた様子で改めて口を開かれた。ただ、殿下のことを良く知る私には、これまで一緒にいた中で一番怒っていることが分かったのだった。なんというのだろう、決して傷つけられてはいけないものが傷つけられた人間がする静かなる瞋恚《しんい》とでもいうのだろうか。

「さて、今、王族ではないにしても、将来の王太子妃から寛大にも王族に対する謝罪の機会が与えられたわけだけど、それに対して君は正式な拒否をした。その意味が分かっているかい、ユフィー・スフォルツェン公爵令嬢」

「は？　どうしてですかぁ！　殿下に言われたならともかく、リリアンに言われて謝る理由なんて一切ないじゃないですか‼」

「王太子の婚約者だからだ」

『将来の王太子妃だからでしょう』

お二人のご指摘が同時に起こった。

「ユフィー！　いい加減にしなさい！　その態度は王室に【公爵家に叛意《はんい》】があると思われても仕方ないものよ!?　私のことはいいから、殿下にお詫び申し上げて!!」

「はぁ!?　だから、なんでお前なんかに指図されないといけないんだよ!!」

やはり返ってくるのは暴言。もはや殿下も女神様も何も言わない。私ももう諦めざるを得ない。

「もういいさ。うん、これでことを進めやすくなったね。で、話を戻すけど、僕と親しくなるためにお詫びをしたいとも言っていたよね。そのお詫びっていうのが、まさに今、促されていたものだったけど分かってないよね。君は自分で言ったことすら、反故《ほご》にした嘘つきでしかないよ。あの王室主催パーティーの時にリリアンに罪を擦り付けようとしたときと全く同じようにね」

「ち、違います！　私はお酒の席を儲けさせて頂いて、そこで誠心誠意、お詫びをさせて頂こうと」

そう言って、もう一度ボディタッチを試みるが、殿下は気持ち悪そうな顔をしてヒラリと身をかわした。殿下は大陸で一番と言われる剣の使い手もであるから、それくらいは余裕なのだろう。デート中にお姫様抱っこされた時も、ほっそりとした長身の体はとても筋肉質で男らしかった。

「ふーん、じゃあデートを陰でコソコソ邪魔をしたのはどういうことだい？」

「え」

「やれやれ。気づいていないとでも思ったのかい？　排除しようかとも思ったけど、ぎりぎり理性で抑制して、君のしでかした罪の証拠を集めていたのさ。将来のリリアンのためになるからね。ただ、本当に大変だったよ、僕の理性にも限度があるからさ。特にリリアンに関しては」

本当に理性の限界を超えていたら、妹はここにはいなかったのではないか、と何となく理解出来た。

「あの王室主催のパーティーで、僕ら王室は君の行った将来の王太子妃への嫌がらせや嘘の流布を止めるよう叱責したはずだ。だが君はまた同じことをした。まったく反省していないことは明白だ。しかもさっき君は言ったね。王室主催パーティーで引き起こした【失態は公爵家の失態だと。なら、今回のデートでの嫌がらせも【公爵家】の失態ということになる。謝罪をしたいと言いながら王室をないがしろにしたままの状態で、謝罪をする前提にすら立てていないということに気が付かないのか？」

『そうそう。行動と発言がまったくかみ合ってないのよね、この自称サバサバ女は。典型的な嘘つき女なのよ』

「はぁ……。それに君はさっきから、なぜかお酒の席で謝罪したいとたびたび言っているけど、謝罪とはそんなものじゃないくらいは分からない？　そんな意味不明な謝罪に朝まで付き合わされる男性は実に可哀そうだね」

殿下は冷笑される。

「わ、私は男友達も多くて、性格も男っぽいから、殿下も楽しいに決まっていますわ!!　しかもリリアンみたいな似合わないメイクや服を着るような女じゃないし、自然と好かれるんですわ！」

『重要なのは、そこじゃないっての！』

女神様の鋭いツッコミが脳裏に響く。

殿下も完全に呆れた様子を見せ、まるで触れると穢《けが》れるとでもいうかのように彼女から距離を取った。その代わり、私の近くには必ずいて下さるのだけど。

「お詫びにならないということすら理解できないとは恐れ入ったよ。そんな意思が端から無いことの証明に他ならない。っていうかさ」

殿下はさらに言葉を重ねる。

「この際はっきり言わないと伝わらないから言うよ、そのピンク色のドレスで誘惑するつもりだったんだろうけど、本当に気持ち悪いんだよね」

「なっ!?　き、気持ち悪いいいいいいい!?」

自信があると言った途端に完全に否定され、さすがにショックだったのかユフィーが金切り声を上げる。

「うん、気持ち悪い。リリアンが着ていたらちょっと僕の理性がおかしくなっていたと思うよ？　冷静にリリアンに接することが出来るか自信がないな……。でも、君が着ていて、しかも近寄って来るんだもの。吐き気がして仕方がないよ」

「なっ、なっ、なっ、なっ」

「もちろん、リリアンがそんな恰好をして、他の男に見られでもしたら、僕はその男性に決闘を申し込まないといけなくなるから、決して着せたりはしないけどね。それにもし、その服をプレゼントして嫌われたりでもしたら、僕は一生立ち直れない自信があるから、そんな服を着てもらう機会はない訳だけどさ。うーん、でもそれにしても、リリアン以外に言い寄られるのは本当に時間の無駄だし気分も悪いし、はっきり言って最悪だね！　ねえ、お願いだからその気持ちの悪い恰好と顔で僕に近寄らないでくれるかな？」

『さすがＮｏ．１人気溺愛ルート。愛の深さがブラックホール並みだわ！』

（ブ、ブラックホール？）

『入ったら出てこれない愛の落とし穴みたいなもんよ』

そんな天界用語があるとは。天界とは摩訶不思議な場所なのですね。

そんな会話をしている一方で、完全に拒絶されたユフィーの方は、まるで猿のような奇声を上げて悔しがっていた。持っていたハンカチをかみちぎらんばかりにする。公爵令嬢としての威厳はもはや皆無だ。

「きいいいいいいいいいいいい！」

「何より、今日言いたかったことは一つだけだ。リリアンという僕の大切な女性を傷つけること。そして僕らの時間を無駄にすること。それを邪魔するなら誰であろうと敵だ。もし……」

殿下の瞳が細められた。

「もし、今後もリリアンに嫌がらせを続けるようなら、それは極刑の勅命を、僕から国王に嘆願するに値する事態だと知れ！」

「きょ、極刑ぃぃぃいいいいいいいいいいいいいいいいいい!?」

私も驚いてしまう。勅命という言葉を殿下が軽々しく使うはずがない。それは本当にそうしようとしている証であり、そして私を大事にしてくださっている証拠なのだ。感動に瞳がうるんでしまう。

一方のユフィーは目を白黒させながら、

「ちくしょう！　ちくしょう！　なんでなのよ!?　どうしてリリアンなの!?　私が王太子妃になって社交界で注目されるはずだったのに！　リリアンと比べられて負けるなんて！　ありえ

ないわぁ!!」

そう叫びながらスカートの裾を掴んで一目散に逃げ出したのであった。

『ぼろくそに言われてフラれたわね！　ざまぁみろってのよ!!』

(はい。ありがとうございました、女神様！)

私は心の中でお礼を言う。しかし。

『おっと、お礼を言う相手が違うでしょ～』

(わ、分かっています)

私は赤面しながら殿下に言った。

「あ、ありがとうございます、殿下。その、私を大事にしてくださって。あれほど私の事を思ってくださっているなんて」

どうしてもモジモジとしてしまう。

あれほど愛の言葉を吐かれたら、女なら誰でもそうなるだろう。でも、殿下はあっけらかんとした様子で言った。

「えっ？　あー、どうやら勘違いしてるみたいだね」

「え？」

私は首をひねる。すると殿下はいつもの朗らかな調子でとんでもないことを言った。

「あんなの僕の気持ちのほんの少しだよ。千分の一？　一万分の一かな？　う〜ん、そんな言葉じゃ表わせないほどだよ。だから、あの気持ち悪い妹を追い払うなんて当然のことで、感謝されるほどのことですらないよ」

「な、なるほど」

要は殿下にとって今のは言葉通り……。

『害虫駆除しただけ』

（ヂヂガガミズガエルを追い払っただけ）

自分の妹をカエル扱いというのは気が引けるけど……。

でも、あれほど気合を入れていたユフィーがカエル扱いまでされて。

自分の妹ながら哀れになるほど、女神様いわく害虫駆除という言葉が的を射るような、世界で一番酷いフラれ方に違いなかったと確信する一幕だったと、改めて思うのだった。

【Ｓｉｄｅユフィー】

「くそ！　くそ！　あんなぶりっ子のどこが良いって言うのよ！　リリアンみたいなブスを選ぶなんて、ふっざけんじゃねえよ！」

バリーン！

高価なグラスを叩き落しながら激高する。床にグラスの中身がぶちまけられた。

「ど、どうかお気を静めて下さいませ。お嬢様！」

「そ、そうです、お嬢様。きっと殿下も本気ではありませんし……」

「はぁ⁉　うっさいのよ、あたしに意見してんじゃねぇよ！　さっさと汚れた床でも拭いてろよ」

「ひぃ⁉」

私は殿下に会うためにわざわざ整えた頭をかきむしるようにする。メイドがいるが知ったことじゃない。

「ちくしょう。それにしても殿下があんなに見る目が無いとは思わなかったわ！　あんな男受け狙ったぶりっ子に騙されやがって！　実際は私の方が何倍も奇麗で美人で可愛いっつーの！　しかも姉御肌だから引っ張ってやれるし、ちょっと誤解があって今は顔を出せないけど、社交界の中心の私は話し上手で盛り上がれるってんだよ！　なんなら、夜の方の話まで出来るってのに！　ねえ、お前もそう思うでしょ？」

私はギリギリと親指の爪を噛みながら、メイドの一人に聞く。

「は、はい。おっしゃる通りかと。お嬢様はやはり個性的で魅力的な方ですので……」

「そうなのよねえ！」

私はメイドの言葉に納得する。

そして、ははん、と私は気づく。

「ああー、もしかすると、今日の私のメイクがちょっといつもと違い過ぎたせいで殿下ったらあんな態度になられたのかしら？」

「ど、どういう意味でしょうか？」

「頭が足らないわね。殿下は私のそういう素の部分っていうか、着飾らない、サバサバしたところが好きだったわけ。でも、今回はさすがに求婚される流れだったわけじゃない？　だから面倒で嫌だったけど、わざわざ少し着飾ったのよねえ。でも逆に殿下は、そんな恰好しない魅力的な私を望んでいたのね。だからあんな風に私への求婚を中断したってわけ！」

「な、なるほど。ヂヂガガミズガエルにたとえられたのもその一環というわけですね」

「そ、そうよ。お、おほほほほほほほ!!」

私は笑った。

だが、一方で次の方針を考えなくてはいけない。一旦、私への求婚が中断された以上、次またいつ求婚してくれるかは分からない。しかも、あの男に媚びることに長けたリリアンがここぞとばかりに邪魔をするに違いない。私と違ってネチネチとした女なのだから。

だとすれば、待っていては駄目だ。

趣味が女っぽくないせいで、自然と男どもが寄ってくる私だから焦る必要はないが、このままでは確実にリリアンが小細工を弄《ろう》し、王太子妃となるだろう。将来は王妃となるわけで、そうすれば、間違いなく私への嫌がらせをしてくるに違いない。その時には、私を慕う男友達にもなりふり構わず脅しをかけ、私の婚姻を阻もうとするだろう。そういうドロドロした女なのだ。

ならば、王太子妃に匹敵するような立場になるしかない。それは何だろう？

そう考えた時、一つのアイデアが閃《ひらめ》いたのだった。

なんていうグッドアイデア！

私は笑いが漏れるのをとどめることが出来なかった。

「ふ、ふふふふふふ！　あはははははは！　そうよ、この手があったじゃない!!　王太子妃に匹敵する立場になるための方法が！　これで！　これで！」

手を広げて、天井に向かって叫ぶ。

「もう一度私を中心に世界は回り出すのよお!!」

私は早速その作戦をお父様とお母様に話して実行に移すことにした。

それは我が国の国教である【ノクティス教】。その教皇であるアンリ・マリウス教皇猊下《げいか》との政略婚約である！

「初めまして。お初にお目にかかります、アンリ・マリウス教皇猊下。ユフィーと申します」

場所は豪華な教会本部にある広大な庭園で、そこは美しい花々が咲き乱れて小川が流れており、この世の楽園を思わせた。

そんな美しい景色を眺望出来る絶好の位置にガゼボが建てられていて、今そこにあるテーブルには二人分の軽い昼食が用意されていた。私ともう一人分。

その相手とはもちろんアンリ・マリウス教皇猊下だ。

「こちらこそ、ユフィー・スフォルツェン公爵令嬢。ユフィーと呼ばせてもらってもいいかな?」

彼はそう言って、美しい歯をキラリと光らせて微笑んだ。猊下はスラリと身長が高く、鼻筋の通った、切れ長の瞳を持つ容貌は美しく気品がある。長い金髪とあいまって見目麗しいという表現がピッタリである。

あらあら! 猊下ったらもう私と距離を詰めたがってるみたいねえ!

私はにんまりと内心笑いつつ、

「そうですねえ! まぁ私って結構男っぽい性格なんでえ、猊下が呼び捨てにしたいって言うんでしたら、好きにしてもらって大丈夫ですよ!」

「ああ、そうですか。良かった。あなたのような美しい人を呼び捨てにするなんて恐れ多いと思いましたが許してもらえてホッとしましたよ」

「私はサバサバしたちょっと変わった女なんですよ。だから、なんか私の姉のリリアンっていうのがいるんですけどぉ、男に対して似合わないぶりっ子ばかりするんですよね。それでモテると思って。私はそういう女の面倒なのは嫌なんで、猊下の呼びたいように呼んでもらったら大丈夫ですよ」

「確かにそういう女性が多いね。でもユフィーは他の女性とは全然違うね。それがとても魅力的だと思うよ」

結構ガツガツ来るのねえ。うふふふふ。

「ま、おかげで男友達ばかり増えてしまうんですよねぇ」

「なるほど。では私も負けないように頑張らないといけないね。ぜひ私のこともアンリと呼んでくれないかい？　少しでも他の男友達との差を縮めておきたいのでね」

「ふふ、普段は私そう簡単に気を許したりしませんのよ。でも、とても素敵な気分ですから、特別にアンリとお呼びさせて頂きますわ」

「ははは。これは幸先がいいね。ぜひ、ユフィーともっと話をしてみたいんだが、散歩しながらでもどうだろう？」

「素敵ですわ。ああ、でも食事を食べてからにしましょう。とてもおいしそうですわ」

「おっと、これは迂闊《うかつ》だった。君を誘うことばかりに気を取られてしまった。これは減点かな？」

「ん〜、特別許して差し上げますわ」

「ありがたい。ユフィー争奪戦から脱落せずにすんだよ」

アンリはまた白い歯を見せて、美しい容貌で微笑む。

「まぁ、でも私はそんな安い女ではないので、安心はまだ早いと思いますわ」

「その通りだね。いやはや、ユフィーと婚約するまでの道のりは大変そうだ。だが精一杯頑張るよ」

ふ、ふふふふ。

見たか、リリアン！

これが私の実力なのよ。お前みたいなブスが幾ら努力しても私には追いつけない証拠がこれってわけ！

「アンリは何を飲まれるんですか？」

「そうだね、ワインでも頂こうかな。ユフィーはどうするんだい？」

「じゃあ、私もワインを頂きますわ」

そう言うと、アンリが驚いた顔をした。そうそう、その顔が見たかったのよねえ。

「アンリったら顔に出ていますわよ。私はカクテルみたいな女が好んで飲むような飲み物より、男っぽいお酒が好きなんです。まぁ、女性はお酒が飲めない人も多いでしょう？　そんな相手と飲んでも男性はつまらないですよねえ？」

「そうだね。いや、驚いたよ。こうして楽しい会話もさることながら、やはり一緒にお酒を共に飲めれば、深い付き合いも出来るというものさ」

深い付き合いだなんて、どうやら私を今日落とそうと必死みたいじゃない。でも私はそんな軽い女じゃないけれどねえ。

「うふふ、深いお付き合いになるかどうかは、アンリが私を楽しませてくれるかどうか次第ですわ。公爵令嬢を相手にするのですもの、きっと私を良い気分にさせてくれると期待していますわ」

私はそう嫣然《えんぜん》と微笑んだのである。


「あはははは！　それでね、私はそのメイドに言ってやったってわけ！　お前が恋人にフラれた原因はお前のその男に媚びるような性格が原因だって。言い訳すんじゃねえよって！　そしたら泣き出してさ、笑っちゃったわぁ」

「ははは。さすがユフィーはサバサバ女だね。そこまでハッキリ言ってくれる人はいないよ」

「つい姉御肌だからズバズバ言っちゃうのよねえ」

「いやぁ、本当に一緒にいて面白いな。こんなに楽しい気持ちでお酒を飲んだのは初めてかもしれないよ。出来れば、違う場所で飲みなおさないかい？」

おっと、これは。

もう？

いきなりねえ。

でも仕方ないわよね。私って本当に男にモテるから。自然と話してるうちに気が合っちゃうんだものねえ。

「ふふん、言ったでしょう？　私は沢山の男友達がいるのよ？　あなたはその中の一番になる自信があるのかしら？」

「ははは、これは手厳しい。だが、君が他の女性のような恰好をしたり、他の男ばかりに媚びたりする普通の女性とは違うことはよく分かったよ。それにハッキリとものを言う男っぽいところも本当に素敵だ。ぜひ私にチャンスをくれないか？」

あははは！　もう完全に私の虜ね。まぁ仕方ないか。他のくだらない女性に比べたら、私みたいなサバサバ女の方が付き合いやすいし、一緒にいて楽しいと思うのも無理ないわ。それに全員私よりブスだし。

「ユフィー、君は思っていたよりも何倍も素晴らしい人だ。ぜひ、今後のためにも関係を深めたい」

「ふふふ、まあ、教皇猊下にお願いされたら仕方ないですわ。でも私下手くそは嫌ですわ」

「ははは。やっぱりユフィーは面白いね。嫌われないようにリードしなくては、ね」

私とアンリはこうして、彼の私室で飲みなおすことになった。

もちろん、男女が二人同じ部屋にいて何も起こらないはずもない。

翌朝、気持ちの良い朝を一緒に迎えることになったのである。

そこで、彼から思いがけない言葉を聞いたのだった。

「ユフィー、昨日君と一緒にいられて確信したよ。君こそが最高の女性なのだから、この国の国母になるべきだ。王太子妃や正妃……などで収まる器じゃない。むしろ、今の王室を廃して、女王となるべきだ。そして、私と一緒にこの国をより良い国にしていかないか？」

「じょ、女王！」

「そうさ」

彼はやはり美しい容貌で言った。

「君のようなハッキリとものが言えるサバサバした女性で、男に媚びないような頼りがいのある人こそ、この国の女王に相応しい」

それは悪魔のささやきのような甘美な響きをもって、私の耳朶を打った。

そうだ。なぜ私は王太子妃ごときになりたいと思っていたのだろう。

王太子妃や正妃など、しょせん、王太子や王の付属品でしかない。

それよりも女王だ。女王になれば全ての国民、それどころか他の国々からも注目され賛美を受けることが出来るのだから！

私は彼の言葉に光り輝く道がひらけていくのを感じた。

美しい容貌に手を引かれ、私は彼と共にその道を歩むことをすぐに決意したのだった。

あはははは！　リリアン！　王太子妃ごときになるために男に媚びを売りまくるブスのあんたなんかもうゴミ同然ねえ。

私は女王になるんだから。この国の中心であり、唯一である存在になって、全ての者が傅《かしず》く存在になるのよ！

私は内心で勝利の声を上げたのだった。

ゲーム開始【5】時間目.

リリアンが犠牲になって私が
女王になるなんて最高じゃない！

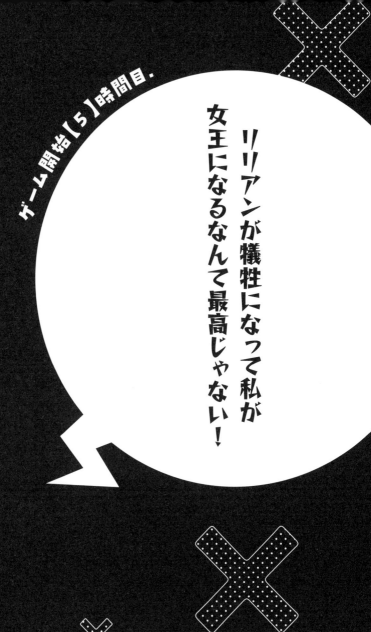

【Sideユフィー】

「君こそが女王に相応しい。だけど、今のままでは難しいのも確かだ。なぜなら、今の国王や王太子には人を見る目がないからだ」

「確かにそうだわ！」

「自分たちに媚びてくる君の姉のような人物のみを重用し、逆に、ユフィーのように物事をハッキリ言う人材を遠ざけようとする。王族からすれば、男性のように対等に接してくる君のような優秀な人材より、男に甘える姉のような者の方が都合が良いんだろう」

「本当に最低だわ！　権力欲に支配されてんじゃねえよっ！　って感じよねえ。リリアンもリリアンだけど、王族もくだらないわ。私みたいなサバサバした性格になれってんだよ！」

私はハッキリと言う。

それに対して、アンリは微笑みを浮かべて頷いた。

「その通りだ。でも、残念ながら今の彼らにどれだけハッキリ言っても煙たがられるだけだ。本来なら君のような女性が民に崇拝され、支配するべきだと頭で理解はしていても、自分の地位を守るために汲々《きゅうきゅう》とするだけなのさ。姉を見ていれば分かるんじゃないかな？」

「ええ、アンリの言う通りね。自分が王太子妃の立場を守るためには何でもやる最低の女だわ。

私にとって悪い噂や嘘を流して社交界にいられなくしたのよ！」

　思い出すだけでもはらわたが煮えくり返って、思わず持っていた扇子が折れそうなほど力が入る。扇子からはギチギチと異音が鳴った。

「分かるよ。自分が中心でないと気が済まないネチネチとした女なんだね」

「そうなのよ！　しかも、その上、ジェラルド王太子殿下へ、私がちょっとした手違いで王室主催のパーティーで粗相したことを誠心誠意謝ろうとした時も、先に殿下へ私の謝罪を受けないように伝えていたみたいなの！　ああ、もう本当に女って面倒だわ！　私は男の方と同じ強いお酒が飲めるから、殿下にご相伴《しょうばん》してリラックスして頂きながら、お詫びをしようとしただけなのに」

「ふふ、ジェラルド殿下か。何度か会ったことがあるが、あれは完全に君のくだらない姉のリリアン、彼女に甘えられていい気になっているだけのお坊ちゃんだ。王太子か何か知らないが、君の方がはるかに格上の存在さ」

　その通りだ。アンリの言葉には真実味がある。

「私は女王になる器なのですものね！」

「ああ、そうさ。僕が保証するよ」

「でも、一体どうすればいいのかしら？　私がいかに素晴らしい人材で、人の中心にいるべき存在だとしても、王族やリリアンたちが邪魔をするようでは、私は表舞台に立てないわ」

「そんなことはさせないさ。それはこの世界の損失というものだ」

そう言いながらアンリは私の手を握る。

「おっと、私はそんなに安い女じゃないわよ。まぁ、二回戦目がしたいなら、アンリの提案次第で考えてあげないこともないけれどもね」

私が流し目をすると、彼は苦笑しながら言う。

「ははは。では未来の女王のご期待に添えるよう精一杯努力することにしようかな。実はねこだけの話、君の姉であるリリアンを排除すれば、女王になることが出来るんだ」

「排除？　殺すってことかしら？」

「そうさ。君にその覚悟はあるかな？」

私は思わず、

「あっは。あはははははははははは!!」

哄笑を上げて、思わず膝を何度も叩いてしまった。

そして、笑ったせいで出た涙を指で拭ってからやっと口を開く。

「そんなことでいいのならお安い御用だわ！　もちろん姉だから躊躇《ためら》う気持ちが無いわけじゃないのよ？　でも、私ってサバサバしてるから、国を駄目にする女をそのまま王太子妃にすることの方が許せないのよねぇ！」

「さすがユフィーだね。そういうハッキリとしたところは正に上に立つ者の器だよ。僕も君を女王にすることに躊躇いはもう無くなった。もっと具体的な話をさせてもらおうかな」

「いいわよ。ふふ、リリアン。お前みたいなブスが未来の王妃なんて、冗談言ってんじゃねぇよ。あんたみたいないないつも男受けを狙ってるような女は王家に相応しくない。私が女王として見本を見せてあげる」

「おいおい、その時にはもうリリアンはいなくなっているんだよ？」

「そうだったわね！　私ったら義理の姉なのに優しくしてきてあげたから、ついいつもの癖で彼女の至らないところを伝えようとしてしまったわぁ」

「不出来な姉に対しても、優しいなんて。さすがユフィーは大物だね」

「まぁね！」

そんな会話をしながら、私は彼から今後の計画を聞いたのだった。

それはこれまでの人生の中で一番、心躍る提案だったのである。


【Ｓｉｄｅアーロン・スフォルツェン公爵】

私の名はスフォルツェン公爵家の当主アーロンと言う。

言わずと知れた、このカスケス王国でも有数の力を持つ公爵家の一つである。

私の父はくだらないことをよく言う人物であった。

いわく、民のために我ら貴族がいるのであり、税は出来るだけ安くすること。そうすれば自ずと民は集まり商売に活気が出て、貴族のためにもなるということ。

いわく、文武両道に励み、平時には筆で、国難にあっては剣を持って国のためにその身を奉ずること。

いわく、貴族こそ清貧に務め、また王室に忠誠を誓わねばならないこと、などである。

私はその言葉に表面上は納得して、愛想笑いを浮かべて頷くようにしていた。そうしなければ、同じ話を父は何度もこんこんと繰り返すからだ。

まったくもって時間の無駄に他ならない！

私は父の言葉のすべてが誤った価値観であり、我が公爵家の暮らしが華やかにならない原因だと考えていた。

まずもって、民のために貴族がいるなどということが、最大の誤りであり、恐らく父は頭をどうにかしていたのだろう。貴族のために民がいるのであり、税を軽くするのではなく重くすべきだ。それによって民は貴族に多額の税を納めることが出来るし、良い暮らしをしたいと必死に働くようになるのである。貴族は民にとって神のような存在なのだから、試練を与えるのが貴族の役割なのだ。そこを父は大いに勘違いしていた。噴飯ものと言って差し支えない！

文武両道をもって国にその身を奉ずるというのも、冗談ではないかと、いつも笑いをかみ殺すのに必死だった。貴族の……しかも最上位たる公爵家の嫡男に生まれた自分が努力する必要は全くなく、周囲の者が自分に奉仕することこそが必要なことなのだ。剣を持って戦うということは、この尊き身に傷がつくかもしれないということだ。それはこの国、ひいては世界にとって最大の損失であり、剣を取る必要などない。もし自分に危険が迫れば、民が盾代わりとなれば良いし、それこそが下賤《げせん》な血を持つ民が貴族に出来る最大の奉仕であり誉《ほまれ》なのは間違いない。

そして、最後に清貧に努め、王室に忠誠を誓うこと。これも大いに間違っている。この私ほどの才覚を持ち、尊い血筋である男が貧しい暮らしをする理由などない。才能豊かで尊き自分が、民が納めた税で富を築き、贅を極めた生活することが愚かな民へ報いることになる。そして、何より私が最も尊き血筋であり、才能豊かなる人物なのだから、もし王室がこの国を誤った方向に導こうとするならば、それをただしてやらねばならないのだ。

全て私の思い通りになるべきである。それが自明の理であることは言を俟《ま》たないであろう。

その意味においてこれまでの人生で腹に据えかねることが二つあった。

一つは前妻である伯爵家の娘だったナンシーと政略結婚させられたことだ。

前当主である父が公爵家の勢力が強くなりすぎると、いらぬ誤解を王室に与えかねないという理由で、伯爵家から花嫁を迎えたのだ。だが、その女は地味で男を喜ばすことを知らぬ田舎者であり、かつ父と意気投合して民のために尽くすという忌々しい行動に出た。

ならば好きなだけ尽くすが良いと、私は公務を全て託してやることにした。そして、私の意に沿わないと言うならば仕方ないと、代わりに当時付き合いのあった侯爵家の娘と関係を持ったのである。

やがてナンシーも私がバーバラと付き合っていることの心労や公務による過労が重なり早逝することになった。高齢だった父は私を責めたが、浮気をさせたのは明らかにナンシーであり、民に尽くすという誤った教えを彼女に教えた父の自業自得としか言いようがなかった。やがて、父も病んであっさりとこの世を去った。

間違った行為をした者たちがいなくなったため、私は当主としてバーバラとさっさと再婚するとともに、愛娘であるユフィーを得たのだった。

だが、ナンシーはまたしても私を困らせることになった。リリアンという娘を産んでいたのだ。私の高邁な意思も全く理解せず、バーバラのすばらしさも理解できなかった上に、バーバラと浮気をさせたのが自分の素行によるものであることも認められなかった前妻の娘など、愛せる訳がなかった。

その上、当のリリアンもナンシーや父の悪しき思想を受け継いでいた。民のために貴族がいると考え、税をどんどん重くする私に一度難癖をつけに来たのである。貴族が贅沢をすることこそが、彼らに報いることなのだから、見当違いな指摘であることは明白だった。その姿はナンシーや父を思い起こさせ、リリアンに貴族の資格がなく、伯爵家の下等貴族としての下賤な血を色濃く継いでいることを確信させたのである。

だから、リリアンには離れの粗末な小屋に一人で住まわせた上で、食事も必要最低限しか与えないようにした。下女同然の扱いとし、この公爵家からもいつか追放しようと考えていたのである。嫁ぎ先はどこかの変態男爵辺りが妥当だろうと思っていたのだ。

しかし、ここで腹に据えかねる事態が起きた。

なんと、王太子であるジェラルド殿下がリリアンを見初《みそ》めたのだ。それならばユフィーをと打診したが、ジェラルド殿下がなぜかリリアンを気に入り、首を縦に振ろうとはしなかった。さすがに政治的に正当な理由がないのに、婚約者を簡単に挿《す》げ替えることは私とて出来なかった。

だが、それはやはり良くない結果をもたらした。

おのれナンシーめ！

どこまで私の邪魔をするのか！

そう悪態をつかずにはいられない。

先日の王室主催パーティーの折、なんとユフィーがカラーの花をあしらったレースを披露したのだ。別の場所にいた私たちは駆けつけることが出来ず、社交界の華であった可愛いユフィーは社交界から追放されることになってしまった！

ユフィーいわく、レースの刺繍をしたのはリリアンであり、彼女の提案によって当日出品したらしい。そう、これはリリアンの陰謀に違いなかった！

リリアンが王太子妃に相応しくないことは明らかだった。ゆえに、私は何かきっかけさえあれば、リリアンと殿下の婚約を解消するつもりだった。そこに、リリアンがユフィーをいじめている噂や、他にも殿下がいるというのに様々な男と浮気をしているという不貞の噂も流れてきた。肉親をイジメたり、浮気をしたりするなど人間の風上にも置けない！

私は義憤にかられ、近く婚約を解消することを決意していたのである。

だが、やられた！

先手を打たれたのだ！

狡猾なリリアンはその私の意思を見抜き、ユフィーを社交界から追放する陰謀を巡らせ、それをまんまと成功させたのである。裏でこれほどの緻密で悪辣な計画を立て実行に移すなど、なんて恐ろしい娘なのだろう。私の高貴な血からは思いもよらない発想だ。

だが、何はともあれ、こうして私はリリアンと殿下の婚約解消を実行する機会を失ってしまった。

あの忌々しい、私に指図しようとしたリリアンが王太子妃になり、王族の仲間入りすることに、義憤から腸《はらわた》が煮えくりかえる思いだ。その上、私からの意向を素直に聞き王室を動かし、最近やや税が重いと泣き言を言いだした民に代わって、金を出させるということも出来ないのかと、公爵領を思っての行動が困難になったことを極めて残念だと思っていたのである。

そんな風に思っていたところに、彼はやって来た。

そう。

さすが私の愛娘だ。

可愛い娘であるユフィーの魅力によって、このカスケス王国の国教たるノクティス教の教皇、アンリ・マリウス教皇猊下が、我が公爵家の門をくぐったのである!!


【Ｓｉｄｅユフィー】


「教皇猊下、この度はわざわざご足労頂きましてありがとうございます」

「いえいえ、愛するユフィーの家に出向くのは当然のことですよ。私こそこのような世界で一番素晴らしい女性をご紹介してもらえて、感謝の言葉を直接ご両親である閣下にお伝えしたかったのです」

「ははは！　そうですか！」

「私の娘のユフィーを気に入ってもらえて親としても鼻が高いですわ」

アンリと両親が気分よく笑い合う。

「それにしてもさすがユフィーだな。我が娘ながら、すぐに猊下のハートを射抜いてしまうとは」

「まぁ、私って女は面倒くさいってタイプだから。逆に男性の方が話が合うのよね。それですぐに意気投合したってわけ。周りの女どもが男に媚びを売りまくって似合わない恰好でしなを作って女子力をアピールしてるのとは正反対よねぇ」

私も気分よく笑いながら言う。

「いやぁ、本当にユフィーさんのようなハッキリとものを言うサバサバとした女性なら、公私ともに頼りになると確信しました。閣下。いえ、お義父様、お義母様、ぜひユフィーさんとの婚姻を認めて頂けないでしょうか」

「ほう！　さすが教皇猊下だ！　もちろんです。ぜひ、我が公爵家とノクティス教団が力を合わせて、この国を良き方向に導いて行きましょう」

「さすがお父様だわ！　実はそのことでお話があるって、アンリが。ね？」

「ほう？　それは興味深い」

お父様は人払いをして、アンリの言葉を待つ。

「私としてはユフィーこそが女王の座に相応しいのではないかと思っているのです。今の王室は腐りきっていて、もはやその膿を出し切るには、今のカスケス王家に代わる別の王家が必要だと確信している。今の王家は自分たちに甘言をもたらす売国奴のような輩しか重用せず、尊き血筋である者たちすらも蔑ろにする始末。これでは国の秩序を保ち、安寧をもたらすことはないでしょう」

「なんというご慧眼！　おっしゃる通りです！」

さすがお父様はすぐに同意される。

「我が父も同じ間違いを犯しておりました。尊き血筋たる私に剣を持って王室を守れなどと説いていたのです。しかし、剣を持つなどという野蛮なことをするのは民の仕事であり、王室をただすのが我ら尊き血筋たる公爵家や猊下のような存在であることは明白です」

「まさに忠臣としての矜持ですね。たとえ目上の存在であっても誤ったことをすれば国のためには断固たる対応を行う覚悟がおありだ。さすが私が見込んだユフィーのお義父様です。感服しました。ただ、ユフィーから聞いたところ、現王太子殿下たるジェラルド様は、リリアン様に夢中とのこと」

「どんな形で媚びを売ったのかしら。まあ、想像にかたくないわねぇ」

「ああ、あれは伯爵家のような下賤な血が混じった不純物だ。あのような奴を選ぶのは王家が道を間違えている証拠だな」

「それだけじゃないわ。甘言を弄する者しか王家に入れないっていう明確な意思を感じるのよねえ。私みたいなサバサバしたハッキリ物事を言っちゃえる女は王家には必要ないってことだわ！　王家も落ちぶれたものね！　よりにもよってあんなブスを選ぶなんて!!」

「それだけではないでしょう。王家は腐っても王家。狡猾な謀略を同時に巡らせているのではないかと私は思います」

アンリの言葉に、お母様がハッとして叫ぶように言った。

「公爵家に干渉するつもりなのね!?　ほら、リリアンは一度あなたに税金を重くすることについて訳の分からないことを言ってきたことがあるでしょう!?　民の負担が重くて可哀そうだとか。全く、税を上げなければ宝石も贅を凝らした家具もそろえられないというのに！　言っていることの意味が分かっているのかしら!?　そう怒鳴りつけて折檻して一週間は水だけにしてやったものよ」

「ちぃ！　そういうことか。王家は公爵家の力を削ぐためにリリアンを利用しようという訳か。国への上納金は上げつつ、リリアンの言質《げんち》をいいように利用し公爵家の税は上げないようにさせ、公爵家の力を弱めて王家の支配を強めるつもりに違いない！」

「確かにあのネチネチ女ならやりかねないわね！　王妃の権力をかさに着てんじゃねえよ！　だから女って嫌なんだよ！」

「全くだ。もし、そんなことになったら、贅を極めた生活を送るという尊き血筋を持つ我々の義務も果たせなくなるではないか！」

私たちは一斉にリリアンや王家が考えているシナリオを理解してゾッとする。ああ、なんて醜い下賤な連中なんだろう。私のようにみんなサバサバした性格になれば良いのに！

「皆さん、お気持ちは分かりますが、ここで慌てては王家の思うつぼですよ」

ああ、そうだった。

既に対策は考えてあるのだ。私はその秘策を興奮しながら話す。

「私たちには秘策があるのよ、お父様、お母様！」

「「秘策？」」

首を傾げる二人を前に、私は言った。

「リリアンを犠牲にするだけで、私は女王になれるのよ！　アンリがそれに協力してくれるの！」

「「本当か、ユフィー!?」」

その声は驚きとともに、喜色に満ちていたことは言うまでもない。

「私の施策に口を出す下賤な血筋の娘を生贄にすることで、我が公爵家がますます栄えるなど、リリアンにとっても本望に違いない！」

お父様が興奮した様子で叫ぶように言う。

「ええ、その通りね！　アレの命で私たちの生活がより一層煌びやかになるのなら安いものよ！」

お母様も嬉しそうに笑う。

「さすがお父様にお母様ね。すぐに同意してもらえると信じていたわ。そもそも王太子妃になりたいなんて思っていたけど、それでは今の王室の腐敗をただすことはもはや不可能だと思うの。むしろ、リリアンが王太子妃に、ゆくゆくは王妃になれば、公爵家に生意気にも干渉してくることは明らかだわ。民は私を輝かせるために一生懸命働いてお金を納めるという至極当然のことすら理解できない馬鹿なんだもの。王妃になれば酷くなりこそすれ、改善されることはないわ。あのネチネチ女のことだから、お得意の媚びでジェラルド殿下に言い寄って、この家で自分の主張が認められなかったことへの復讐すら考えるはずだわ。王室も腐敗しているからきっとリリアンと共謀して、公爵家から上納金を搾り尽くそうとするはずよ！　私のためにせっかく働いてくれた民のお金をこれ以上王室のために使うなんて無駄の極みだわ。私以外が輝くためにお金が使われるなんて耐えられれわけねーだろうが!!　はぁはぁ、リリアンはこの国の安寧のためにも始末するべきね！」

　おっと、つい興奮してしまった。

　アンリはいつもの優しい微笑みを控え、沈痛な面持ちになって言う。

「皆さんのおっしゃることはごもっともです。私が懸念していたことを同じく憂いていたことを嬉しく思います。王室の腐敗を正しく理解し、それを正そうとする皆さんこそが本当の貴族というもの。私はあくまで教皇に過ぎないとはいえ、貴族の在り方を学ばせてもらった気持ちです」

「それでアンリ。生贄というけれども、具体的にはどういう作戦になるのかしら？　肝心な部分はご両親にも同意頂けた時に、と言って、焦らされたままよ？」

「すみませんでした。悪辣なリリアンのことです。どこで聞かれているか分かりません。ユフィー様をさらい、拷問にかけて、私たちの正義の作戦を吐かせるかもしれない。愛しいユフィーの身が危険に晒されることを恐れたのです」

「確かに、あのネチネチ女がやりそうなことだわ！　陰謀なんて本当に恐ろしい！　拷問なんて最低よ！　サバサバしている私には思いつかないわ」

「まったくだ。あれは本当に下賤な血筋を色濃く引き継いだのだろうな。やることが陰湿で貴族の風上にも置けん」

「自分のためなら家族であっても犠牲にするのね。ああ、なんて悍《おぞ》ましい」

お父様、お母様も義憤に震える。

全て了解しているとばかりに、アンリが笑顔になって言う。

「そうした危険を取り除くのもまた選ばれたあなた方のような貴族の試練なのでしょう。具体的な作戦ですが、あなたたち公爵家を信頼し、また血縁関係となることを踏まえまして、我がノクティス教団の秘密の一部を打ち明けます。我が教団は、夜の静寂と月を信奉する宗教です。ただ、実際は一部の秘術が歴代の教皇にのみ伝わっているのです」

「ブスは全員死ぬような秘法かしら！　そうすればリリアンも死ぬからちょうどいいわ」

あははははは！　と私は爆笑する。

アンリは微笑みながら続けた。

「とても勘が鋭いね、ユフィーは。やっぱりサバサバしていると普通の人とは違う視点を持つことが出来るんだろうね」

「まあね。ま、私ってちょっと変わってるから。人の気づかないちょっとしたことにも目が行き届いちゃうタイプなのよねえ」

「さすがユフィーだ。なら、そんな君や、そんな君を育てたご両親なら受け入れてくれることだろう」

彼はそう言って、やはり笑顔のまま続けた。

「ノクティス教団にはね、闇の秘術である、悪魔を憑依させる術が伝わっているのさ」

「「「あ、悪魔ぁ!?」」」

「そう」

彼はニヤリと唇を歪めて言った。

「未来の王太子妃であるリリアンを攫《さら》い、悪魔を憑依させ、我が教団と公爵家で討伐する。それが今回、私が教皇として考えている【闇を祓う聖戦】作戦だよ」

その言葉を聞いて、お父様もお母様も。そして当然私も口をそろえて言った。

「素晴らしい！　王太子妃候補のリリアンに悪魔が憑いたとなれば、王室は不浄な存在として、その権威は地に堕ちるというものだ！」

「王室全体に悪魔が憑いているという噂を社交界で流してあげましょう！」

「誰も王室を擁護出来ない状態になったところで、私の出番ね！　不浄で腐敗した王室を公爵家の私が中心となって駆除すれば、誰もが私を認めるわ。そして悪魔を祓った【聖女】として、新しい王室を興して、女王として君臨するの！　誰もかれもが私を敬い、目を離すことは出来ないわ!!」

「ははは。私たちが協力すればこの国をよくすることなんて造作もないよ。きっとうまくいくことだろう。あなたたちの栄華と発展は約束されたものだ。実行計画もまとめてあるから、もう少し詳しい話をさせてもらうよ」

アンリの話に私たちは興奮しながら耳を傾けたのだった。

ああ、私が女王となる日は、もうすぐそこまで来ているのね。

王太子妃ごときになりたいがために、悪魔に憑りつかれて、駆除されることになったリリアン姉さんについては、悪いけれどそれぐらいの役どころがお似合いとして言いようがないわねえ。

あは。あはは。あはははははははは!!

私の内心で大いに哄笑したのだった。


【Sideアンリ・マリウス教皇】


くくく。

くくくくく!

くあーはっはっはっは!

私は内心の哄笑を押し殺しながら、公爵家の面々が私の説明に納得する様子を眺めていた。

我がノクティス教団は、夜の静寂と月を信奉する宗教とされており、ミサと祈《いの》り懺悔により、衆《しゅ》生《じょう》の魂の救済を行うことを目的としている。

だが、これは建前だ。

元々、ノクティス教団は悪魔崇拝の宗教であった。しかし、伝承によれば数百年も昔、【聖女】を中心とする討伐隊からの迫害を受け、それから逃れる中で、表向きは夜と月を信奉する宗教としての体裁を整え、幅広い信者を獲得していったのである。

聖女というのは果てしなく眉唾で、恐らく口伝により歴史の伝承が行われるうちに、ノクティス教団が敗走した歴史を、あたかもそうした奇跡の存在のせいにしたのだろう。愚かなことだ。賢しき私は見たこともないそのような自分より上位たる存在を信じないし、たとえ、もしそれが現れたとしても、我が一刀のもとにあの世に送ってやろうと内心で嗤う。

まぁ、そのようなわけで、実際の悪魔の召喚魔法は秘匿され、今は教皇のみに引き継がれる奇跡の術となったのだ。

ノクティス教団の本当の最終的な真の目的は、悪魔による力でこの世界を支配し混沌の帳を下ろすことであり、教団の信者のみが悪魔の力を得て、他の人間たちを家畜のように支配する世界である。とりわけこの教皇たる私が世界に君臨し、全てを思うが儘にするのが理想の社会であろう。

目の前の矮小《わいしょう》な愚か者たちは、この国を支配できればそれで満足できる小物のようであるが、私はそのような小物で収まる器ではない。

世界。

世界だ。

この世界全体が私に傅くことこそが正しいノクティス教団が理想とする社会であろう。

私はそう確信して、再び内心で唇を歪めて嗤う。

その美しき理想のために、私は周到な準備を重ねてきた。

目をつけたのはこのスフォルツェン公爵家である。やはり国を揺るがすには駒が必要だ。前代の当主は王家に忠実な賢人であり全く隙が無かった。しかし、現当主アーロン・スフォルツェン公爵とその夫人は私が駒とするのに垂涎《すいぜん》の対象であるほどの小物であった。

先ほども話していて改めて確信したが、あろうことか王室をただすのが自分たちの役割だと宣っていた。己の器の大きさを把握してから、そうした大言壮語は吐くべきだ。鼻で嗤いながら真実を突き付けてやりたい気持ちで一杯で、我慢するのが大変だった。

ともかく、こうした己を過信した屑から生まれたのがリリアンとユフィーであった。とりわけ後妻のバーバラから生まれたユフィーは、社交界で姉のリリアンの悪い噂や見えない場所でのイジメ行為などを繰り返し、姉とジェラルド王太子殿下の婚約解消を画策していた。

これは利用できると天才である私は瞬時に見抜くと同時に、この駒どもを我が野望のために利用してやることを思いつき、裏から手を回し始めたのであった。

我が教団の信徒は相当数、王家の家臣へ紛れ込んでいる。そこで、ジェラルド王太子殿下へは、リリアンの悪い噂や、イジメが行われている事実を完全に隠蔽《いんぺい》するようにしたのである。

一方で国王や王妃にはリリアンの悪い噂はしっかりと届くようにした。

無論、国王らから殿下にリリアンの素行について話す機会もあっただろうが、殿下にはそんな噂は一向に届いていないのだから、一笑にふすだけで終わり、そもそも信じようとしないだろう。

そうこうしている間に、国王が婚約解消を決定する状況をひそかに進行させていたのである。

リリアン嬢には悪いが、私が世界を手に入れるための尊い犠牲と言ったところか。

小娘一人が不幸になる程度で、私が支配する理想社会が到来するのだから、むしろ喜んで受け入れるべきだということは言を俟たない。

王室は近い将来、婚約破棄を決定する。その隙を伺い、我が教団の傀儡貴族を新しい婚約者としてあてがう予定であった。王室を傀儡化する第一歩として！

……だが。

ここで予定外のことが起こった。

なんと王室主催のパーティーで、ユフィーが王室ではタブーであるカラーの刺繍を持参して披露し、ジェラルド王太子殿下をはじめ王室全体を激怒させてしまったのだ！

な、なぜこんなことが起こったのだ！

おかしいではないか！

私は思わず激高して地団太を踏んだ。

なぜならば、本来なら、賢明と言って良いリリアン嬢が止めるか、あるいは両親に相談するなどした際に、カラーの花がタブーであることを事前に知る機会は幾らでもあるはずだ。だからカラーの花が持ち込まれることなど可能性としてありえない。それなのに、なぜかそこでストップがかからず、王室主催パーティーにカラーのレースは持ち込まれてしまったのである！

せっかく隠蔽してきたユフィーのイジメや悪い噂の流布が、王室どころか貴族にまで暴露され、私の完璧な婚約破棄の計画が台無しにされてしまったではないか！

せっかくうまくいっていたというのに！

馬鹿のせいで一からやり直しになってしまった！

くそったれがぁ！

私がそんな風に取り乱すのも無理からぬことであろう。

だが、さすが私だ。

こんな時でも悪魔は私に微笑んでくれた。

王太子妃の座に汲々とするユフィーは、あろうことか王太子に直接アプローチを仕掛け、こっぴどくフラれたのだ。権力を狙う小物ごときが大仰なことをするからしっぺ返しを食らうのだと嗤いをかみ殺すのに必死になってしまった。

しかし、このユフィーの醜態が、私にとっての僥倖であった。

何と公爵家から私に婚約依頼が舞い込んできたのだ。

魂胆は分かっている。

王太子妃になれないのならば、せめて教皇夫人になりたいということだろう。

全くくだらない権力欲だ。誰かの力を借りて支配者になりたいと思う浅ましさに失笑を禁じ得ない。

バーカ！　誰がお前のようなブスを相手にするものか！

だが、公爵家を意のままに操れるとなれば話は別だ。

公爵家にうまく入り込み、リリアンを悪魔憑きにする。

私しか知らない秘法により、悪魔を召喚し、リリアンに憑りつかせるのだ！

そのリリアンを操り、まずはジェラルド王太子を殺害する！

そして、国王や王妃をも殺害するのだ！

そこを私のノクティス教団とスフォルツェン公爵の雇った傭兵たちで、リリアンを浄化《殺害》する。

実際は私の秘法により、悪魔を一旦地獄へと還すわけだが、そこは風聞をうまく流布させればよい。

ともかく、この策略で王室を根こそぎにし、同時に王室には悪魔が憑いたという風聞を流して権威を失墜させる。

代わって、公爵家が王室を興して、傀儡としてユフィーを女王にすげるのだ。

あれは国ごときの支配で満足するだろうから、空虚な玉座に座らせておけばきっと満足する。

無論、リリアンは公爵家の娘なので、公爵家の責任が問われる可能性はある。だが、一旦王室を滅させ、権力を手中に収めれば、後はどうにでもなる。

くくくくく！

だが、本物の英雄である私はそんな小さな器では収まらない！

世界だ！

世界を我が手中とする。

王室やリリアンの尊い犠牲ごときでそれが手に入る。いや、その第一歩を踏むことが出来るのだから、安い犠牲というものだろう。

私は完璧な成功の青写真を頭に描く。

我が野望の成就はすぐ手の届く場所にある。

そう思い内心大いに上機嫌に嗤いながら、表向きはそれを見せず、ユフィーやその両親たちへ、リリアンを誘拐・拘束し、悪魔を憑りつかせる算段を、馬鹿どもでも分かりやすいように丁寧に説明してやったのだった。

世界を手に入れるために多少の労力を惜しむことはない。

やはり私は世界を手に入れる大器であると、我がことながら確信をせざるを得ないのであった。

ゲーム開始【6】時間目.

正義の鉄槌と
私の輝かしい軌跡の始まり

【Sideユフィー】

ふふふ。

あははは。

あーはっはっは!

私は内心での高笑いを止めることが出来ない。

もうすぐだ。

もうすぐ、私の手の中に、女王の地位が転がり込んでくるんですから!

リリアンが王太子妃になると聞いた時は「お前みたいなブスがでしゃばんじゃねーよ!」と思わず叫んだものだが、今となってはいい思い出だ。

私はサバサバしてるから、そんな積年の恨みなどとっくに忘れてしまったのだ。逆に、権力に固執して、ジェラルド王太子殿下に媚びてばかりの姉さんの、そのネチネチさ加減に呆れていたものだが、こうして私の方が女王になってしまったのだ。

笑わずにはいられない。

たかだか王太子妃のためにあんなに必死になって!

私なんて女王になるのよ!

「ふふふふふ！」

「どうしたんだい、ユフィー？　嬉しそうな顔をして」

「ふふん。秘密、よ。いい女は全部教えてあげないものよ」

「ははは、確かに。そのミステリアスさが更に君を魅力的に見せるよ。そんな君を手に入れられて私は世界一の幸せ者だ」

「うふふ。気が早いわね。まだ私を満足させるには足りないわよ」

「おっと。これは願望が口をついてしまったようだね。君に捨てられないように注意しないと。そのためにも、今日のこの計画は必ず成功させて、君に女王の地位をプレゼントするよ」

「ええ、楽しみにしてるわ」

「二人とも本当に仲がいいのだな」

「ええ、さすが私たちの娘だわ。教皇夫人に相応しい威厳を感じますもの」

計画の遂行を前に私たちは軽口を叩く。

「でも、誘拐を直接私たちが行うとは思わなかったわねえ」

「計画には他人を挟まない方がいいからね。話が漏れることもない。この四人は裏切ることは絶対にないだろう？　ただ、もしもユフィーが嫌だと言うなら残ってくれても構わないけど……」

「はぁ？」

私は声を上げてから、

「そんな訳ないでしょう？」

そう言って唇を三日月のように歪めて笑う。

「あのブスがどれだけ私に恥をかかせたと思ってんだよ。社交界では私が恥をかくようにカラーの花を刺繍して提出しやがるし、ジェラルド殿下へのお詫びも邪魔しやがった。あの子は正真正銘の悪魔よ!!」

だからこそ。

私は更に笑みを深める。

「悪魔のような姉のリリアンに、本当に悪魔が憑りつく様子が見れるなんて最高よ。あのネチネチ女がもがき苦しんでますますあの不細工な顔が歪むと思うと、今からでもお腹がよじれそうだわ!!」

「さすが公爵家を王家に導く自慢の娘だ。リリアンの罪を妹としてしっかりと処断しようとする女王としての貫録がある。ひいては、我ら公爵家が王室に相応しいことを示唆するものに他ならん！」

「ええ、その通りだわ。我が公爵家の品位をたもつためにも宝石やドレス、化粧品を取り揃えるにはますます財政を豊かにしなくてはいけないのですもの。民のためにも私たちが王族となって正しい権威を示し、貴人へ報いることのできる最大の税を納められるような施策をしないといけませんわ」

両親も私の主張の正しさに同意する。

「そう言うわけよ、アンリ。私はサバサバしてるから、もう気にしてないけど、リリアンが犯した罪は消えないわ。法にのっとって裁けないなら、私刑をもって厳罰に処すべきよねぇ！　それに、彼女がこのまま王太子妃となり、ゆくゆくは王妃にでもなれば、それこそ自己顕示欲の塊だから、政治を歪め民を不幸にしてしまうわ！　あいつが王妃になることだけは避けないといけないのよ。そうしないとあいつが社交界をも歪めてしまう。正しい社交界の華である私を追放したのはそのために違いないんだから。私こそが社交界の華だったのに！　そして、そうなったらその影響力で、私たち公爵家を弾圧するに違いない。たかだか話題を独り占めしたいっていうだけで、それだけのことをする女なのよ、あれは！　だから悪魔に憑りつかせて、本来の下劣さを世間に見せつけないといけないわ!!　ええ、それが人を欺き、貶めようとしたあいつの末路に相応しいんだから!!」

私がそう言うと、アンリは理解しているとばかりに頷く。

「聞けば聞くほど酷いお姉さんだね。気の休まる時間もなかっただろう。でもそれも終わりさ。計画の詳細を改めて説明させてもらうよ。と言っても、それほど難しいものじゃない」

私としてはまだ言い足りなかったが、ネチネチ女のリリアンとは違う。

すぐに頭を切り替えて彼の話を聞くことに集中する。失敗するわけにはいかないから二度目の説明も今までにないほどの集中力で聞く。そうすればするほど、早く確実にリリアンに天罰を下すことが出来るのだから！

「ジェラルド王太子殿下が宿泊しているため、お二人は普段同室にいるね」

「これみよがしに自分は王太子妃になりますっていう嫌がらせってわけよね。ああ、ねちっこいこと！」

アンリが苦笑しながら話を続ける。

「ははは、サバサバ女の君とは正反対だね。ただ、今日だけはそのことが良い具合に働く」

「どういう風に？」

一度は聞いている説明だが、改めて聞いて確実を期す。

「今回、誰も接触しない間に、リリアンは悪魔に憑りつかれることになる。接触していたのは陛下だけだからね。このことは後日、リリアンが悪魔憑きになった原因がジェラルド王太子殿下にあったと断定するとても有力な材料になる。更に言うなら、悪魔憑きを断定するのは教団だ。だからこそ、多少強引な状況証拠でも構わないというわけさ」

「なるほどねえ。でも、殿下がそのことを否定したらどうするのかしら？」

「さすがユフィー、皆の理解が深まる良い質問だね」

彼は驚いた後、微笑む。

「まぁねえ。私って少し頭の回転が早いから、他のみんなが気づかない些細な点にも気づいちゃうのよねえ。ま、そのせいで、物事をズバズバ言っちゃうようなところがあるから、女友達が出来ないって感じなのよねえ」

「その代わり人の上に立つ時には必須の才能だね、今みたいに。さて、それで質問に答えると、その時は既に殿下はお隠れになった後ということだね。ついでに王たちにもお隠れになってもらおう」

「完璧ね！　死人に口なし！　最後は悪魔のリリアンを浄化して終わりって訳ね！　出来るだけ屈辱を味わせ尽くして浄化するのがいいわねえ！　悪魔から民草を守るためには徹底しないといけないもの！」

「さすがユフィーだね。姉を殺すのはつらいだろうに、正義の名のもとにはその悲しみすら克服することが出来る。そして、それを黙って娘に託すことのできるご両親もさすがと言わざるを得ないな。さて」

彼は咳ばらいをしてから言う。

「ただ、【悪魔降ろし】には多少時間がかかる」

「そこで私の出番というわけね！」

私は得意になって語る。

「リリアンの湯浴みの時間は決まっているわ！　もちろん私たち家族の中で一番最後よ！　普段は使わせてないけど、殿下の手前使わせてやってるんだから私にお礼の一つも言いに来いってのよね。まぁいいわ。で、もちろん、私たちみたいに侍女たちの世話も無い！　あの殿下もさすがにそこまでは気が回っていないから、誰に見とがめられる心配もないってわけ。そこで、私が待ち伏せして更衣室で薬をかがせて気を失わせるのよ。この作戦のキーは間違いなく私よねぇ。それに、多少の長風呂でも殿下はおかしいとは思わないわ。だって、あいつったら、普段使えない大浴場を使えて嬉しいのか、実際長風呂なのよね！　あははは！　馬鹿なやつ!!」

私の解説に満足そうにアンリが頷いて言う。

「悪魔に憑りつかせた後は普段通りに行動するように命令する。王太子殿下がお城に帰る際に同行させてほしいと言うように命令すれば、まんまと城中へ迎え入れられるだろう。そうなれば簡単だ。油断しきり堕落した王族たちには地獄に落ちてもらう。そして」

「その代わりに私は女王になるのね!!」

思わず喜々として叫んだ。

「その通りだともユフィー。いや」

アンリは一度私の名を呼んだあと、少し言いなおすのだった。

「ユフィー女王陛下」

その言葉に私は唇を歪めて笑うのとともに、リリアン姉さんへの悪魔降ろしの儀式の成功を必ず成し遂げて、世界で一番賞賛を浴びるのだと決意を新たにしたのだった。


「それでは殿下。お湯を頂いて参りますので」

「ああ、ゆっくりしておいで。リリアンがますます奇麗になるね」

「殿下ったら。お風呂に入るくらいで変わりませんってば！」

リリアンが照れた顔をしながら、殿下の寝泊りしている部屋から出てきた。

「ブスの癖に調子乗ってんじゃねーよ」

私は彼女が部屋から出るのを確認して思わず毒づく。

だが、すぐに気持ちを切り替えることが出来た。

サバサバしているからこれくらい余裕だ。

「ふふふ。でも、そんなうざいお前の姿を見るのも今日が最後だしな」

私はドタドタと猛ダッシュして、先に大浴場へとたどり着く。リリアンは普段から女子力を周りにアピールするうざいぶりっ子なので、廊下を走ったりすることは出来ないが、私はというと男っぽいところがあるから、こうやっていざという時は思い切り走ったりだってするのだ。

「男受けばっかり狙ってるからてめえは死ぬんだよ、リリアン」

私は先に更衣室へ入ると、ニチャリと唇を歪めて彼女の到来を待つ。

「お、ここがいいわね。でも、こんな置物あったかしら？」

更衣室には大き目な椅子が設置されていた。ちょうど私の姿を隠してくれるほどの大きさだ。しかも、着替えた服を置く棚は反対側にあるから、リリアンを背後から襲うにはうってつけである。

「ははん！　いかにも私に女王になってほしいって感じねぇ。天命に違いないわね」

私はますます唇を歪めて笑い、その後ろに身を隠す。

リリアンが着替え始めれば、あいつは隙だらけになる。その瞬間を狙うのだ。睡眠薬をしみこませたハンカチで眠らせる。恐らく何が起こっているかもわからない間にあいつは昏睡状態になるだろう。

そうしたら、アンリやお父様、お母様を呼んできて儀式を始めるのだ。

「くっくくく。社交界から追放されたことも、殿下からヂチガガミズガエルなんて言われてこっぴどい言葉を吐かれたことも恨んでないけれど、これは相応の報いよ。私が女王になる未来が約束される代わりに、正当な天罰がお前に下されるのよ。くく、くくくく！」

そして、私には栄光と栄華に包まれた光輝に満ちた未来が開かれているのだ。絶えず賞賛と注目が浴びせられる生活は窮屈かもしれないが、他の女どもには耐えられない重責だ。私が勤めてあげるしかないだろう。

と、そんなことを考えているうちに、リリアンが入室してきた。

椅子から見える視野の関係と、あいつの地味な栗色の長い髪で表情こそ見えないが、作戦通り、着替えをするために棚の前へと近づいている。背がやや高いと思ったがハイヒールを履いているからだ。

どんだけ男に媚び売れば気が済むんだよ。ブスが何しても無駄だっつーの！

私は内心で罵詈雑言《ばりぞうごん》を浴びせながらも目的を見失うことはない。

私はサバサバしているから、リリアンのことなんて歯牙にもかけていないのだ。これからこの女が悪魔に憑りつかれて王族を殺し、私の栄光の生贄になる哀れな末路をたどると思うと笑いがこみあげてしまいそうでたまらない。

「死ねえ！　私が女王になって栄華を掴むための贄になれ、おら！」

「うっ⁉」

少し抵抗されたが、リリアンは拍子抜けするほどあっさりと崩れ落ちる。

「ううん……」

とはいえ、眠りが浅いのか、うめき声を上げている。

うつ伏せに倒れて苦悶の表情を見たかったが我慢する。

それよりも、今は達成感に心が満たされていた。

「はあはあはあはあはあはあはあはあはあ……。はは、ははは、あーははははははははははははははははははははは！」

私は哄笑を上げる。

「やったわ！　あとはアンリに悪魔降ろしの儀式をさせるだけね！　さっそく三人を呼びに行かなくては!!」

私はもう一度駆け出す。

「女王！　女王だ！　私が一番よ！　みんなが私を賞賛する！　ふふふ、ははははは」

万が一のために更衣室の外鍵を閉めてから、私はアンリたちを呼びに行った。

さあ、最後の仕上げだ。

そして、全て片付いたら今日は祝杯を挙げるのだ。

もちろん、めちゃくちゃきついお酒で泥酔して、アンリに抱かれるのがいいだろう。

一番の功労者である私に、あのイケメンのアンリも目一杯奉仕することだろう。そう思うと体もうずくのだった。

「さすがユフィーだ。作戦は完璧だったようだね！」

「これで公爵家は王家になることができるのですな！」

「贅沢し放題ですわ！　ああ、以前、欲しかったあの海外の宝石。ドレス。全て国庫を解放して買いそろえましょう。王家たるもの、品位維持費はしっかりと使わないと！」

「ふふん。まぁ私ってちょっと男っぽいところもあるから。普通の女どもがぶりっ子して出来なーい、なんてくだらねえこと言ってることも、余裕で出来ちゃうのよねえ」

「ははは。さすがユフィーだね。さて、僕もユフィーに見捨てられないように、自分の仕事をきっちりこなさなくては」

私たちはそんな作戦の成功を確信した会話をしながら、更衣室の鍵を開ける。

そこには先ほど倒れたままのリリアンがいた。

やはり眠りが少し浅いのか、やや移動して、更衣室の真ん中くらいに移動している。

また、浴場の湯気が中に入り込んできて、更衣室全体に靄がかったようになっている。仕切りのドアが開いていたのだろう。

「ユフィー、何か気になることでも？」

「え？　いいえ、全然よ」

私は先ほどことを起こした時と少し違う点に気付いていたが、些細なことだと報告しないことにした。そんなことより、

「さあ早く私を女王にしてちょうだい、アンリ」

「おっと、失敬。そうだったね」

そう。そんな些細なことより、私が女王になる儀式を一刻も早く行うことの方が大事だ。

別に権力や地位に執着などないけれど、他の者が権力に固執し、ネチネチとした執念でその地位にしがみついている姿は滑稽すぎる。やはり、私みたいなハッキリとものが言えて、サバサバした性格の人間がそうした地位に就くべきなのだ。

「王太子妃になりたいばかりに死んじゃうなんて、本当に残念な結果よねえ。でも、私が今の王家に代わって女王になって、この世界の中心になって上げるから、草葉の陰で見守っていてね。あはははは！」

「では、始めるよ。ユフィー」

彼はリリアンの周囲に赤い液体で魔法陣のようなものを描くと、詠唱を開始した。

「堕ちたる魂よ、我が前に出よ。闇より来たりし者よ、聞こえるならば返答せよ。汝が力を与えんが為に、我が魂を差し出す覚悟はある。汝が顕現し、名を告げんが為に、我が前に立ち現れよ。この契約を交わし、我が望みを叶えんが為に、悪魔よ、我が呼び声に応えよ！」

詠唱によって、魔法陣が煌々と赤い光を放ち出す。

そして、鼻を突くような腐臭や、何かこの世の者ではないものが今しも目の前に現れようとする狂気のようなものが瀰漫《びまん》する。一言でいえば瘴気だ。

「くっ！」

「うぐ、ぐえええええ」

「う、ぎぎぎ。頭が……」

アンリや両親がその悪魔の存在を感じさせる瘴気にあてられ、苦痛や不快感に顔を歪める。

だが、こんなことぐらいで権力の座を諦められる訳がない！

「ちょっと、頑張ってアンリ！　あんたの股間についてるものは何だってんだよ！」

「う、なんてげひ……ぐぐぐ！」

アンリが何かを言いかけた。

しかし、その時である。

「やれやれ。最後まで気づかないなんて。愚かにも程があるね、アンリ・マリウス教皇猊下」

「はへ？　うげえええええええええええ!?」

「え？」

私は何が起こったのか分からなかった。

なぜなら、魔法陣に倒れていたはずのリリアンはいなくなっており、その代わり目の前に立っていたのは。

「ジ、ジェラルド王太子殿下⁉」

「な、何いいいいいいいいい⁉」

「ひ、ひいいいい⁉　ど、どうして⁉」

私は狼狽し、両親も悲鳴を上げる。

だが、私たちの悲鳴はそれだけでは終わらなかったのである。

「最初、話を聞いた時は信じられなかったけれど……。どうして」

彼女は沈痛な面持ちで、扉を開けて入ってきた。

「どうしてこんな愚かなことをしたの、ユフィー、それにお父様、お母様……。いえ……」

彼女は首を振って言い直した。

「国家転覆罪をたくらむという大逆罪を犯した重罪人たち。ユフィー・スフォルツェン、アーロン・スフォルツェン、バーバラ・スフォルツェン！」

私を犯罪者扱いする姉の言葉に、私はギリギリと歯噛みして悔しがるのだった。

「言い逃れは出来ません。もう一度言います。大逆罪を犯した重罪人たち。ユフィー・スフォルツェン、アーロン・スフォルツェン、バーバラ・スフォルツェン。そしてアンリ・マリウス教皇。大人しく縄を打たれなさい！」

その言葉に私は思わず頭に血が上る。

リリアンごときのブスに良いように言われて咄嗟に反論を口にしたのだ。それは両親も一緒だった。

「リリアンのくせに生意気なんだよ！　殿下がついてるからって調子乗ってんじゃねーよ！　それに犯罪者は王家に媚びを売りまくって、この私を蔑ろにしたあんただろうが！　この社交界の華だった私を追放した罪があんだろうがよ！　私情で人間を粗末に扱うてめぇが王室に入ったらこの国は終わりなんだよ！　それを止めるために私は女王になろうとしただけなんだよ！　女王になって世界の華として咲き誇るのよ!!」

「そうだ！　私の施策に口を出した下賤な血の娘が何を言うか！　そのせいで厳しい躾けを受けた腹いせに、今度は王家に入り込んでこの公爵家に影響を及ぼそうとたくらんでいることは明白なのだぞ！　尊い血の責務も知らぬ下等貴族の娘が！」

「私たち貴族は贅沢する義務があるのよ！　品位を保持するためのお金を民は喜んで差し出す義務があるの！　だから、今よりももっと多くの税を民に課すことが必要なのよ！　どうして邪魔をするの！　この前妻の出来損ないの娘が!!」

リリアンを除く公爵家の家族全員が正論をもって反駁《はんばく》する。

でも、リリアンは普段のおどおどした様子からは想像出来ないような堂々とした様子で話し始める。それがまた癪に障る！　まるで私より偉い存在のようじゃないか！　私は女王になって世界の中心になる存在なのに！

「ユフィー。あなたは勘違いしているわ」

「は？」

「私が反論するのは領民や国民に負担が強いられるのではないかと思った時だけよ。なぜなら、それ以外は家族の話だから。そんなのは別に気にしなければいいだけの話なわけだから。でも」

リリアンは言葉を続ける。

「今、あなたが自分で言った通りよ、ユフィー。分からない？　殿下が後ろについている意味が。これは王家として。将来の王太子妃として対応せざるを得なくなったということを意味しているの。家族であるあなたたちに不本意にも生意気な口を利かなくてはならないほどの。それほどの事態をあなたたちは愚かにも招いたということなのよ。それくらい馬鹿なことをしでかしたの。その自覚をまずはして頂戴」

「お、愚か者！　ば、馬鹿ですってえええええ……。お前が私にやったことが原因だろうがよ！

王家に媚びて、社交界から追放するなんていう陰湿な真似しやがって！　人を簡単に蔑ろにするような奴が王家に嫁いだら国全体が不幸になるのは明白なんだよ！」

普段言われ慣れない罵倒をはっきりとあの姉から言われて、私は思わずギリギリと手持ちのハンカチを噛みちぎらんばかりにして悔しがりつつ、反論する。

だが、そんな私の反論に対して、リリアンは淡々と言葉を紡いだ。

「実はその媚びを売るというのがよく分からないけれど……。私は別に普通にしているだけよ。そうしていれば普通に友達も沢山出来ると思うのだけど……？　あと、あなたは男友達しか出来ないってよく言っていたけれど、男女どちらの友達も出来るし、そちらのほうが楽しいんじゃないかしら……？　どうして男に限定するの？」

「なぁ⁉　ぐ、うぎぎぎぎ！」

私は酷い侮辱を受けた気分になり、思わず持っていた扇子が割れる程に折り曲げる。

「まぁ、それはいいわ。ああ、でもこれも誤解があるから言っておくのだけど……。もちろん、あなたの流した私の悪い噂を信じた人達の中には離れていく人もいたけど、でも、全員というわけでもなかったのよ？　私のことを好きで居続けてくれた人達とは友達のままだったの。それで、実を言うと殿下はその噂のこと自体を知らなかったわ。それを何とかするように私から殿下にお願いすることも出来たかもしれないけれど、それはしなかったの。もし、王家に媚びていたとあなたが主張するなら、私が殿下にお願いしてあなたを社交界から追放していないといけないのではないかしら？　でも、私はそうはしなかったでしょう？　だからあなたは社交界に居続けられたし、社交界の華として楽しそうにしていたわ。最後はあんなに止めようとしたのに、自分でカラーの花を持ち込むなんてことをして墓穴を掘ってしまったけれど」

「なぁ⁉　あんたのおかげで私が社交界の華でいられたですって⁉」

私はショックを受けるが、何とか会話の主導権を取り戻そうと唾を飛ばして反論する。

「あ、あははは！　ならその発言こそ墓穴じゃねーか！　私が墓穴を掘る前にちゃんと止めてくれればあんなことにはならなかったんだしな！」

私は無理やり笑いながら言うが、

「何回か止めたけど、最後は命令をされたでしょう？　そうじゃなかったら最後まで止めていたわ。でも、あなたがそこまで言う以上、絶対に私の言うことなんて聞かないって、これまで家庭内でイジメを受けてよく理解していたから、女神様の助言も素直に聞け……まぁそれはいいわ。それにあなたはさっき言ったわね。私情で人を蔑ろにする人間が王室に嫁いだら国は終わりだと。だから女王になろうとしたって」

リリアンはため息を吐いてから言った。心底失望したという態度で。

「さっきも言っていたわね。自分が女王になって注目されたい。ただ、それだけの理由で、家族に手をかけ、悪魔を憑りつかせ、その上、言いがかりとしか言いようのない罪をでっちあげ王家の人々を殺害しようと企てた。そんな人間が王家になった国は世界に災厄をもたらすことは自明の理！　よって!!」

彼女は私をビシリと指さし、断罪するように言った。

「将来の王太子妃リリアンがデイミアン・カスケス国王陛下からの代理をもって勅命を言い渡す！　大逆罪！　ユフィー・スフォルツェン公爵令嬢！　並びに両親ともども奪爵に処すると共に、死罪を申し渡す！　ただの一人間として処刑までの期間、地下牢にて己を顧みるがよい!!」

「奪爵ですって⁉　この私がぁ⁉　女王は⁉　誰よりも注目される華として咲き誇る玉座は⁉」

「一般庶民だと⁉　ありえん！　ありえん！　ありえん！　この尊き血筋の私が一般庶民などという下賤な身分に身を堕とすなど王が許しても神が許さんぞ!!」

「嫌よ！　死にたくない！　ねえ助けて！　そう、私は騙されたのよ⁉　そこのアンリとかいう似非教皇に騙されただけなのよおおおお!!」

悲鳴を上げる両親を見ながら、リリアンは首を横に振りながら言った。

「お父様もお母様もいい加減にしてください。貴族とは領民を幸せに導くための存在。そのために日々、衣食住に困らない生活を保障されているのです。いたずらに税を重くし、私腹を肥やし、散財をするためではありません。あなたたちは……貴族には相応しくありません。せめて処刑までの間、貴族の責務とは何なのか、もう一度考え直すことを……未来の王太子妃として命じます」

既に奪爵されているため、私たちに命令を下すリリアン。

そう。今やリリアンは将来王族となることが半ば予定されている王太子妃候補であり、一方の私や両親はただの一般庶民……。いや、犯罪者なのだから一般庶民よりも身分は下なのだ。

「ぐ、ぐやじいいいいいいい！　く、くそがああああああ……」

私は余りの悔しさに地面を叩きながらもだえるのであった。

と、その時である。

「ユフィー。諦めるのはまだ早い。これを持っていてくれ。おっと、声は出さないように」

はぁ？

ずっと沈黙していたアンリが、慟哭する私たちの狂騒に紛れるようにして、スッと手に何かを渡して来た。

時計？

「大丈夫だ。君のことはきっと私が救いだすからね」

彼は微笑む。

だが、その唇はなぜか裂けるような笑みであり、まるで悪魔を彷彿とさせるようだと思ったのだった。

しかし、それは一瞬のことで、次見た瞬間には、いつもの優しい微笑みに変わっていたのである。

と、そうこうしているうちに、ジェラルド王太子殿下が呼んだ衛兵たちがなだれ込んできた。

時計のことなど一瞬にして頭から消えてしまう。

「くそが！　離せよ！　お前らが触っていいほど安い女じゃねーんだよ!!」

「もうただの犯罪者だろうに。諦めなよ、サバサバ女さん」

「ぐぎい!?」

殿下に呆れられる中、周囲に罵倒の声をまき散らしながら、私や両親、アンリ達は冷たい王城の地下牢へと連行されたのだった。


【Sideリリアン】


ふう、と私は一息ついた。

あらかじめ女神様に相手の計画をお聞きしていたとはいえ、相手は教皇猊下や公爵家の家族たちだ。

正直、うまく行くか不安だったし、何より殿下に女神様の存在は伏せた上でこの陰謀のことをお話しして信じて下さるか不安だったが、

「なるほど、彼らの考えそうなことだね。リリアンを害するなら今から突撃しようか」

二つ返事だった。その上、今しも実際に彼らのところへ突撃しようとしていたので止めるのに必死になる必要があった。信じる信じない以前の話であった。

『愛され過ぎてて何の疑いも挟まないんだから。さすが王太子溺愛ルートよねぇ！』

天界用語なのでよく分からないが、からかわれていることだけは分かった。

ただ、殿下としても私の話に確信を得る理由があったらしい。

「アンリ・マリウス教皇猊下の部下が王家の周囲に巧妙に潜り込んでいることが、僕の近衛による調査により判明したんだ。リリアンも独自の情報を得ていたようだね。さすが僕の将来の妻だ。そうだ、今、結婚しようか」

「何でそうなるんですか⁉」

求愛は嬉しいのだが、王族の結婚にはやはりしかるべき手順がある。

「リリアンとすぐ結婚出来るなら身分くらい捨てるんだけどなぁ」

「私は逃げませんので」

『あー、熱い熱い。人気が出る訳だわ。まぁそれはともかく時間もあまりないし、作戦を提案

して頂戴。えーと攻略本ではね……』

（りょ、了解です）

私は赤面しつつも、殿下に女神様から伺った作戦をお話することにした。

攻略本で実際に使用される方法なので、きっと成功するということらしかった。攻略本とは繰り返しになるが天界用語だ。

女神様によれば、浴場で一人になるところを狙い、そこで悪魔を召喚、憑りつかせるという悍ましい計画らしい。そのことを伝えると、殿下は自分が囮になると申し出た。実は女神様の提案もその通りだったのだが、よく考えたらそんな危険なことを王太子にさせるなんてありえない。

だから女神様に申し訳ないと思いつつも、そんなことはさせられないと伝えたが、殿下は微笑みながら、自分がこの大陸で一番強い剣士であり、なおかつ他の者に任せた場合情報が漏れるおそれがあること。また、顔立ち的にも鬘《かつら》などで容姿はかなりカモフラージュして誤魔化せるとおっしゃられたのだった。

それならと、私からはユフィーが隠れられる場所を作っておけば相手の視覚も制御することが可能だと伝える。また、身長はさすがに誤魔化せないのだがハイヒールを履いてしまえば案外分からないと言った。

最後に、悪魔を憑りつかせる際に気絶したふりをしているときは顔をうつ伏せにした上で、湯気をある程度充満させておく。そうすることでバレる心配はないこともお伝えする。

『驚いたわね。私が伝えた内容より数段良くなってるわ！　攻略本だと鬘で誤魔化せるとしか書いてないから結構雑なのよね』

そんなやりとりをした上で、今回の大逆者たちの一斉捕縛作戦は決行されたのだった。情報がアンリ教皇猊下側に漏れないように、本当に限られた人間しか知らない極秘作戦として。

結果、目の前には奪爵された両親と妹のユフィーが重犯罪人として、後ろ手に縄を打たれ、連行されていく。

だが、突然こちらをキッと睨みつけ、喰ってかかるようにしてユフィーが私に叫んだ。

「そうだわ！　てめえも公爵家の人間なんだから、なに無関係な面してやがんだよ！　そうそう、王家に取って代わろうって計画は、このリリアンの発案なんですよ！　つまり、一番の悪はこいつって訳！　おら、お前らこのブスも捕まえろよ！」

『うわあ、この自称サバサバ女、無関係なあなたをせめて巻き込もうとしてるわよ』

（は、はい。でも理解できません。私が仮にそうなったとしても、別に自分が助かる訳じゃないのに……）

『ま、それは私にも分からないところねー。興味があるなら直接理由を聞いてみたら』

（は、はぁ……）

「ユフィー、本当に仮にだけど、私が主犯だったとしても、別にあなたの死罪は覆らないわよ？　あの勅命は直々にお預かりし、正式に代理権をお認め頂いた上で発しているのだから」

「分かってんだよ、そんなことは！　だが、お前より私の方が悪いってのが納得いかねえんだよ！　ふ、ふふふ。墓穴を掘ったわねえ。さあ、お前こそ一番の極悪人として、処刑されるがいいわ。それで私の留飲も少しは下が……」

「んー、いやそれは無理だよ、元公爵令嬢ユフィー」

「……え？」

殿下にあっさり否定されたことで、ユフィーは呆気にとられる。

『あったり前よねえ』

女神様が嘆息されたのが分かった。

『公爵家が取り潰されるんだから、その対策をしていないなんて訳ないでしょうに』

（はい、そうですね。だから、説明は省いたのですが）

でも、

「確かに説明しないと理解できないかもしれないわね。それにこれから己の罪を反省し、見つめなおすためには必要な情報なのかもしれないわね」

「は、はぁ⁉　さっきから何を言ってるのよ‼　お前は私と同じ犯罪者だろうが！　なに無関係決め込んでんだよ‼」

　ユフィーが混乱したように叫ぶ。

　でも私は落ち着いて首を振りつつ、

「私はリリアン・スフォルツェン公爵令嬢ではもうありませんいいいい」

「……は？」

　私の言葉に、ユフィーは呆気にとられた顔をする。

　私は構わず続けた。

「私の名は、リリアン・ランカスタ辺境伯令嬢。勅命により先日正式にランカスタ家の養子になりました。従って、本来はあなたたちとはもう義絶関係にあります」

「なぁ⁉　じゃ、じゃあ⁉」

「そういうことさ。公爵家のお家取り潰しに王太子妃を巻き込む訳ないじゃないか。当然手は打ってあるよ。もちろんスフォルツェン公爵家の出身者として陰口をたたく者もいるだろうけどさ、それは僕が責任をもって排除するから心配不要さ」

「あの、殿下、私は大丈夫ですので……」

「僕が気になるんだよね。我慢できる自信がないよ。もし我慢できても、我慢した自分を嫌いになりそうだしね」

『その辺の問題はあとでゆっくり二人で話し合ってね』

女神様の声に押されて、本筋に話を戻す。

「だからね、ユフィー。あなたが私を公爵家の人間として、あなたと同じ犯罪者にしたいと思っても筋が通らないの。私は今は王家の信頼篤いランカスタ辺境伯家の娘であり、将来の王太子妃として妃教育を受けているところだから。何より、私とあなたは違う人間よ。私が貴族として果たすべき責任があるように、あなたは貴族の私ではなく、犯罪を犯した者として、自分のことをしっかりと顧みるのが、今果たすべき唯一の責任なの」

「へ、辺境伯令嬢！　わ、私が犯罪者のっ……！　死刑囚なのに!!」

『ようやくあなたとの間にどれだけの差があるか理解したみたいね。全部自業自得だけど……』

「ゆ、許せない！　許せない！　こ、殺してやる！　よくも私から全て奪ったなあ！　リリアン！」

私はその言葉に哀しい瞳を向けることしかできない。

「奪ったって……。私が公爵令嬢でなく、辺境伯令嬢になってしまったのも、あなたたちが奪爵されて死刑囚になったのも、全て自分が招いた事態よ？」

私は首を横に振りつつ、はっきりと言う。

「辺境伯令嬢として。将来の王太子妃として再度命じます。死刑囚としてその刑に服し、自身の過ちを天に詫びなさい」

その言葉に対しても彼らは何かを叫ぼうとしたが、衛兵たちがいい加減しびれをきらしたのか、強制的に彼らを連行していったのであった。

こうして、大逆罪を犯した重罪人たちは、死刑囚として城の地下牢へと幽閉されることにあいなったのである。

彼ら大逆罪を犯した犯罪者たち。かつての家族たちと、アンリ・マリウス元教皇猊下は一か月ほど地下牢で過ごした後、予定通り【重犯罪者】として死刑となることになった。

いちおう王太子妃候補だった私に、禁忌である悪魔を憑りつかせた上で王族たちを皆殺しにしようとする計画は、悍ましいという言葉以外に形容しがたく、極刑をもって臨む他なかったのである。

今、既に私は辺境伯令嬢であり、彼らとは義絶している。しかし、元家族を救いたいという気持ちは大きかった。

だが、やはり彼らの行った非人道的な行為を踏まえれば、死刑囚としての地位を変えることは国王をもってしても難しく、私に出来ることは彼らが自身の罪と真摯に向き合い、せめて天に召される際心穏やかでいてもらうことを祈るくらいであった。

『そろそろ、やって来る頃ね』

そんなことを考えていると、女神様のお声で我に返った。

処刑法は縛り首であり、処刑方法としてはオーソドックスな方法となる。

「元家族とはいえ、死ぬところを見るのはつらいだろう？　部屋に戻っていてもいいんだよ？」

今回のアンリ元猊下の計画を調べた殿下は、本件の最高責任者として最後のこの場に立ち会っていた。一方で、私は被害者でしかないので、この場に必ずしもいる必要はない。だが。

「いえ、元とはいえ、家族の最期に立会いたいんです。せめて安らかに逝けるように祈りたいと思います」

「あんなことをされたのに、元家族のことをそこまで思えるなんて、まるで聖女だね、リリアンは。将来の国母として君ほど相応しい人はいないよ」

「それは買いかぶりですよ」

私は辛うじて苦笑することが出来た。

さて、そうこうしている間に、猿轡《さるぐつわ》を嵌《は》められ、後ろ手に縛られた囚人服姿の死刑囚たちがやって来る。

既に奪爵され、またお家も取り潰しになった元公爵家の彼らには、家名はない。また、アンリ猊下は貴族ではないので奪爵やお家取り潰しはないが、王族の殺害を図った罪で身分を剥奪されている。

「死刑囚アーロン、死刑囚バーバラ、死刑囚ユフィー。そして死刑囚アンリ。最後に何か言い残したいことはあるかい？」

責任者のジェラルド王太子殿下が口火を切る。

末期の言葉を聞くために、彼らから猿轡が外される。また、死後の世界に一つだけ現世の物を持って行くことが許されることになっており、武器等の凶器などは無理だが、他の物であれば何か一品身に着けたまま刑に服することが可能となっている。

まず、両親であるアーロン元公爵とバーバラ元公爵夫人が口を開いた。

「た、助けてくれ！　私は騙されたんだ！　私は悪くないんだ！　我が尊き血をこんなところで散らすのはこの国の損失に他ならないいいい!!　リリアン！　何を黙って見ているんだ！　お前の父の危機なのだぞ、早く何とかして助けろ、この愚図が!!」

「そうよ！　私だって本気じゃなかった！　ねえ、リリアン！　助けて頂戴!!　私たち家族じゃない!!　ほら、親子なんだから話し合えば誤解だって分かるわ!!　だから命だけは助けてぇえええ!!」

二人は泣き叫びながら、助命の嘆願をここに至ってしてきた。

『呆れたわね。今までの自分たちのしてきたことを何も反省してないじゃない』

本当にそうだ。それに私は今、ただのリリアンとしている訳じゃない。

未来の王太子妃として、殿下の隣にいるのである。だから、私の言葉もまた、この国を背負ったものでなければならないはずだ。

私は口を開く。

「アーロン死刑囚。それにバーバラ死刑囚。私は未来の王太子妃であり、この国を背負って立つ者です。まずは目上の者に敬意を払いなさい」

そう厳然と伝える。本来はこんなことを両親に言いたくはないが、言動が余りにも酷いので、諫《いさ》めざるを得ないし、死刑囚に半分王族である私が軽侮な言葉を吐きかけられているとなれば、王室の汚点にもなりうる。まずはその点について釘を刺した。これは当然のことだ。

「「なっ⁉」」

『何を驚いてるんだか。まだ自分の立場が分かってないのよねえ』

女神様も呆れた声を上げられる。

「死刑囚として弁えなさい。あなたたちは王族を暗殺しようとした大逆罪を犯した大犯罪者です。反省の弁こそ許されど、助命嘆願などもってのほかです。また法の基、義絶していることを抜きにしても、元家族としてのつながりでそれを覆せばこの国の汚点となる。民を導くはずの貴族であった、元公爵とその夫人ならばなぜそれくらいのことが分からないのですか？　そのようなことだから、その身を犯罪者にまで堕としたのではないのですか？」

　それに、

「そもそも騙されたと言うなら、自身の不明を恥じなさい。あなたはこの国の公爵だったのですよ。それ相応の責任と義務が生じる立場です。仮に騙されたとしても、それは身分に相応しい理知を兼ね備えず、死刑囚にまで身をやつしてしまったことこそ恥ずべきであり、大逆罪を犯した言い訳になるわけがないでしょう。騙されたと弁明する自分を元貴族として恥じるべきです！」

『よく言ったわ！　リリアン！　もう全くその通りよ!!』

　女神様の賞賛の声が響く一方で、

「ぐ、ぐがががが!!　おのれえええ！　おのれえええ！」

「う、うあああ!!　呪ってやるわ!!　呪ってやるうう！」

　両親は悔しいのか怨嗟の声を上げる。

　こちらを睨みつけるようにしつつも、何の反論も思いつかないのか、ただただ耳障りな金切り声を上げるばかりであるが。

「尊き血と言うのならば、法にのっとり裁きを受けなさい！　死刑囚、元公爵アーロン、並びに元公爵夫人バーバラ！」

「むぐあ！」

「ぐむが！」

将来の王太子妃の私の言葉を最後に、やりとりを終えたと見た死刑執行官たちが、改めて猿轡を死刑囚の二人に噛ませた。

「大丈夫かい？　リリアン、あんまり無理をしないでくれよ？　心配でさっさと刑を執行したくなる」

『あまり無理をしてはだめよ？　あなたが幾らさっぱりした性格でも、元家族を裁くのに悲しくない訳ないいんだからね』

「ありがとうございます」

でも、大丈夫です。殿下に女神様。お二人が私を温かく守ってくれる。

それが私の心を強くしてくれるのだ。もしお二人がいなかったら、ややもすれば私の心は悲しみで折れていたかもしれない。

しかし、まだ終わっていない。

「ねえ、お姉様は騙されてるのよ！　王室はお姉様をいいように使って公爵家を操ろうとしていたの！　それに王太子妃ごときにこだわっていては駄目だわ！　この国を、いいえ、世界から注目される女王の地位を目指すべきよ！　私がそれを手伝ってあげてもいいわ！」

「ユフィーは素晴らしい女性ですよ。私は彼女こそ王族になるべきだと確信した。今の腐敗した王家に代わってこの世界を変えられるのは彼女しかいないとね」

そう。妹のユフィーとアンリ元猊下という、今回の犯罪の主犯二人が口を開いたのだ。

ユフィーとアンリ元猊下の言葉に、私は思わず首を傾げる。

「騙されている？　腐敗？　なんのことを言っているの、二人とも」

本当に分からなかったので、単純に聞き返してしまう。

「そんなことも分からないからダメなのよ！　いい！」

私が疑問を呈したことで、優位に立ったと思ったのか、ユフィーが居丈高に言った。

「王家は公爵家の前妻の子であるお姉様を王太子妃として王族に取り込むことで、その権力を拡大しようとしていたのよ！　公爵家の利権を操り人形になったお姉様を通じて奪うつもりだったんだわ！」

「そうなの？」

「そうよ！　アンリの言った腐敗とはそのことだわ！　そんな誤った道を歩ませないために私たち公爵家とアンリは行動を起こしたの！　つまり私たちの理念には正義があるのよ！　間違っているのは王家であり、それにまんまと騙された哀れなお姉様の方なのよ！」

彼女はそこまで言うと、唇を歪めて嗤った。

「ショックでしょう！　自分が騙されていると知って！　さぁ、今ならまだ間に合うわ！　公爵家のお取り潰しを撤回して！　そして、今度こそ我が公爵家が王家としてこの世界を私を中心に正しく導くのよ!!」

ユフィーは興奮して唾を飛ばしながら言った。

そんな彼女に対して、私は頷きながら言う。

「それは政治的判断よ。良い悪いの話ではないわ。ユフィー死刑囚」

「……は？」

彼女は私が言っている意味が分からないようで、ポカンとした顔になる。だが、次の瞬間には熱した鉄のように顔を赤くして激高した。

「どんだけ理解力ねえんだよ！　お前は騙されてたんだぞ！　利用されてたって言ってんのが分かんねーのかよ!!」

でも私はその罵倒か反論か分からない言葉に淡々と返答する。

「ユフィー死刑囚。あなたは短慮すぎるわ。だからその身を公爵令嬢から死刑囚なんていう犯罪者に堕としてしまったのよ。それをまず自覚しないといけないわ」

「なぁ!?」

まさか反論されるとは思っていなかったのか、彼女はギョッと目を剥く。

『仮にも元公爵令嬢だったのにね。それに、お姉さんが王太子妃になる人だったんだから、もっと大きな視点で見れるようになりそうなものなんだけど、自称サバサバ女……実際は、自分大好きネチネチ女には難しいか』

女神様のお言葉が聞こえる。

本当にそうです、と思いながら、彼女に説明する。

「ユフィー死刑囚。国を運営するには政治の安定が不可欠よ。貴族の領地が強くなり過ぎたら内乱が起こるし、逆に領地が疲弊しすぎれば民の反乱が起こる。そして、このカスケス王国においてスフォルツェン公爵家は重税を民に科しすぎていた。領地として疲弊の一途をたどっていたわ。それを王家が非常に心配していたのは事実よ」

「だ、だから公爵家をのっとろうとしてたってわけね！　どんな理由を並べようが、王家の陰謀でしかないわ！　ほら、私の方が正しいんだよ‼」

ますます鼻の穴を大きくして主張するユフィーだったが、逆に私は困りながら言う。

「だから、善悪ではないのよ、ユフィー死刑囚。そんな単純な話ではないの。街を歩いたら分かったでしょう？　民の重税に苦しむ姿が。あれは民の感情が爆発する一歩手前よ。王家としては当然そのことを知っていたし、何度も改善するよう通達している。王国全体として安定的に領地が運営されることを望んでいたわ。結果として将来、私を通じて公爵家に税の低減を依頼していたかもしれない。でも、同時に公爵家の意向は王家に伝えやすくもなるのよ。だから、これは持ちつ持たれつの関係になるってことなの。だから王家に一方的に利益があるような言い分は間違っているわ」

「というか、僕がリリアンを操り人形にするわけないよ。骨抜きにされているのは僕の方だからね！」

『殿下のお口をチャックしてくれるかしら……』

チャックって何だろうと思うが、天界用語だと察する。

「それでもやっぱり陰謀なのよ！　操ろうとしてんだから、陰謀って言ったら陰謀なんだよ！」

『言い負かされそうになったから議論を破棄しはじめたわね……』

私は嘆息しつつ、彼女の言葉の破綻を説明した。

「王家が公爵家を操ろうとしていたかどうかは知らないわ。でも、少なくともそれが行われたとしても、それは民のためだわ。私を利用して公爵家に干渉するなら、それは私の意思でもある民への重税の緩和なのだから。むしろ、そうした状況を招くなら、それは王家の信頼を先に損なってしまった元公爵家のせいよ。いたずらに民を苦しめた失策という事実があったからなのでしょう？　そして何より、こうして現実として、公爵家だった者たちは大逆罪まで犯している。あなたの言葉には何の証拠もない。その一方であなたや両親が、権力の限りを尽くして民を苦しめ、甘い汁を吸ってきたこと、そして大犯罪を犯した死刑囚として縛り首になろうとしていること。どちらが陰謀を巡らしたかを問うならば、これこそが動かぬ証拠でなくて何だと言うの？」

「ち、ちがう！　私はあくまで公爵家と国のためを思って行動しただけ！　死刑はふさわしくない！　だから助けろ！　私を助けろ！　リリアン!!」

「だとすれば、あなたは、公爵家と国のためを思って、禁忌たる悪魔をアンリ元猊下と共謀して召喚し、王太子妃候補である私を実質的に殺害した《憑りつかせた》上で、王族の方々をも皆殺しにして、女王になろうとしたということになるのよ？　でも、本当にそんな血塗られた方法で女王になったところで、その王家に他の貴族たちが追随するわけがないことが分からないの？　この国は破綻して、そしてきっと周辺国を巻き込んで大きな利権争いの戦争になる未来しか、私には見えないわ。そのきっかけを自分の顕示欲や承認欲で肯定して行動するあなたは、まさに悪魔そのものに私には見える！」

「あ、あああああああああああああああ!!」

私に全ての言葉を否定されて、我慢の限界が訪れたのか、ユフィーが縛り首の台を揺らしながら身もだえ絶叫する。

「くそが！　殺してやるわ！　ちくしょう、私が王太子妃になっていればこんなことにはならなかったのに！　私が世界の中心になるべき女なのに！　賞賛も栄光も私のものなのよぉ！」

『本性を現したわね』

　女神様の冷静な声のおかげで、私も目の前の怪物を相手に、未来の王太子妃として冷静に言葉を紡ぐことが出来る。

「やはり王太子妃になりたいだけだったのね……。権力や身分に痛いほど固執しているのが、あなたの本性よ。でも、もう控えなさい。妹だからその暴言の数々は許してきた。でも、やはり許すべきではなかったのでしょうね。少しでも地下牢で自分の罪と向き合ってくれたかと期待したのだけど……。でも、やはりあなたは極刑がふさわしい死刑囚そのものだわ。もう暴言は許しません。私は王太子妃になり、国母になる者。口を慎みなさい、大逆罪を犯した稀代の大犯罪者ユフィーよ。せめて安らかに逝き、その罪を地獄にて償うことを命じます！」

「お、おのれえええええ！　なんであんたが王太子妃で、私が死刑囚なんだ！　ああああ！　リリアン、お前だけはぜったフギイイイ!!」

　私《王太子妃》の言葉で、もうやりとりは済んだと判断した死刑執行官が、死刑囚ユフィーに猿轡を再度噛ませる。

『ふう。攻略本だと、第一王子ルートのこの辺りって、ぱっぱと終わるはずなんだけど、結構やりとりがあるのね。でも、これでハッピーエンドのはずよ！』

よく理解できない単語が多いが、天界用語だろう。

女神様がもう大丈夫だとおっしゃっていることだけは分かった。

ただ、少し気になることがある。

私はその【気になる者】へと視線を移す。

「アンリ・マリウス元教皇猊下。あなたは他に何か言うことはないのですか？」

「いえ、ありません。なぜなら……」

彼は微笑みを浮かべながら口を開いた。

だが、私は本能的にゾクリと背筋を震わせる。

そして、同時に、

『違う。これはもしかしてっ!?』

女神様もやや焦った声を上げ、

「まずい！　リリアンこっちだ!!　衛兵取り押さえろ!!」

私は瞬時に殿下に抱きかかえられて後退する。

殿下のたくましい腕に抱かれながら、その耳にはアンリ元猊下の地獄から湧き上がるような声が聞こえた。

「行動で示せばいいだけですからねえ」

その瞬間、冥界へ持って行く物品としてユフィーが所持していた懐中時計から、黒い靄のようなものが急速にあふれ出したのである！

『第一王子ルートじゃない！　こ、これは』

女神様の驚きの声を初めて聞いた。

『【グランド・ルート】だわ!!』

ゲーム開始【7】時間目．

悪魔の生贄になる!? と思いきや

【Ｓｉｄｅユフィー】

「なに⁉　なんなのよ、これは‼　アンリからもらった時計から黒い靄があふれ出てくる！　どうなってんだよ、アンリ‼」

黒い靄が猿轡を嵌めている最中に現れたせいで、中途半端だったのだろう。猿轡が外れて話せるようになる。

私は彼の名を叫んだ。

しかし、彼はいつもとは違う口調で、まるで嘲《あざけ》るような調子で言った。

「軽々しく私の名を呼ぶな、このブスが！」

「な、なぁ⁉」

私は突然の罵倒に狼狽してしまう。

だが、アンリの様子は変わらない。

「まったく、お前のような下品で粘着質な女に付き合わないといけない私はとんだ不運だったよ。酒を飲んでも泥水を飲んでいる心地だったものだ」

「な、なんですってぇ⁉　あんた、私に惚れてたじゃねーかよ！　だから、婚約を即決したんだろうが！」

私の言葉に、アンリは哄笑を上げる。

「わはははは！　あんなもの嘘に決まっているだろう！　お前を利用するためにおだててやっただけだ。まんまと踊ってくれたようだがな」

「け、結婚詐欺だったってのかよ⁉　く、くそがあっ……！」

私はギリギリと歯噛みする。しかし、アンリは呆れ声を上げる。

「ふん、文句を言いたいのは私の方だ。何より、数多いる貴族令嬢の中でも最低レベルの品性下劣なお前と、嘘とはいえ結婚の約束をしなくてはならなかったんだからな。お前のような女に、私のような男が捕まえられる訳がないだろう。お前を相手にする男など、どの世界を探してもいないだろうさ！」

「て、てめえぇぇぇ！」

ギチギチ！

アンリを殺してやろうと暴れるが、処刑台に縄で縛られている状態なので、せいぜい処刑台が揺れる程度にしかならない。

「そう暴れるな。お前には最後まで私の役に立ってもらうよう、特別な役割を残してある。良かったな！　最後に注目を浴びれて！　私に感謝するといい！」

「は、はあ？」

私は眉根を寄せるが、アンリは言葉を続けた。

「分からないのか？　その懐中時計は悪魔召喚の魔法陣が封印された特別な品なのだ！　だが悪魔召喚には魔法陣だけでは不可能。生贄が必要となる！　当初の作戦ではリリアンをその相手に選び、王族を皆殺しにした後は、悪魔にリリアンの命を捧げるつもりだったのだ！　だが、別にそれを行うのはリリアンである必要はない！」

「ま、まさか⁉　私の命を生贄にするつもりだってのかよ⁉」

「ははははは！　やっと気づいたか！　だが、せっかくこうして城にもぐりこめたのだから、もうまどろっこしい真似は止めだ！　お前を生贄に悪魔を召喚し、私が悪魔と合体して万能の力を得る！　直接、この城にいる王族や家臣たち全員を葬り、悪魔の王としてこの世界を支配してくれよう！」

「ちくしょおおおおおお！　死にたくない！　死ぬのはお前だ！　私以外が死ね！　私は絶対生き残るんだよ！　私が世界の中心になるんだからなぁ‼」

「はははははは！　最後まで粘着質で鬱陶しい女だ。何がサバサバ女だ！　ただの性格ブスが！　さあ、悪魔よ、現れよ。そしてその女を生贄に、私にその力を貸すのだぁ」

リリアンやジェラルド殿下、そして衛兵たちは私の懐中時計から発する瘴気のために近づくことも出来ず、気分すら悪くなっているようだ。

私が大丈夫なのは、何か理由があるのだろうか。

くそが！　誰でもいいから私を助けろよ！

だが無情にもアンリは呪文の詠唱を開始した！

「月よりも明るき魂よ、暗き闇を照らし出さん！　私に宿りしものよ、現れん！　暗黒の力、解き放たれよ！　アズラキエル、我が呼び声に応えよ！」

ゴォ!!

更なる暗黒の瘴気があふれ出し、それと同時に異形が現れ始めた。

牛のような顔に人間の如き体。顔よりもなお大きな二つの角を有し、蝙蝠の如き翼がある。

誰もが直感するだろう。これこそが悪魔。

禁忌とされ、かつて人間を滅ぼさんとした伝承に残る、闇の存在。

だが、その状況を見てアンリは大きな声で笑った。

「ははははは!!　うまくいった、うまくいったぞう！　後は生贄を捧げ、私と融合してこの世界を恐怖と血で支配するだけだ。よし、アズラキエルよ!!　そこの人間を喰らい、我が命に従え！」

「ぐぎ！　ぐぎぎぎぎぎ！　死にたくない!!　私だ！　私が世界を支配するんだ！　私が世界の中心になって全員の耳目を傾けさせる存在になるんだ！　絶対生き残って、私を馬鹿にした奴らも、社交界から追放した奴らも、見る目の無い男どもも、ぶりっ子な女どもも、全員私を誉めそやさせた後、ぶっ殺してやる!!」

　私は絶叫する。

「はぁ。なんと醜い。醜悪に過ぎる。さぁ、悪魔アズラキエルよ。もういいだろう。その目の前の肥え太った魂を喰らって、さっさとわた……」

　ドスッ……！

「──しと同化……へ？」

　私も、そして恐らくアンリも。ここにいる全員が、何が起こったか分からなかったろう。

　なぜなら、悪魔アズラキエルはいきなり体の向きを反対方向に変えると、召喚したアンリの胸を軽々と持っていた槍で貫いたからである。

「うっぎゃあああああああああああ！　い、いでええええええええええええ!?　な、なぜだ!?　ど、どうして私が貫かれている!?　ひ、ひいいいいいいいいい!!　こんなことはありえっ……！　ありえないいいいいっ……！」

　彼は激高して絶叫する。

「ど、どういうつもりだ！　ぐ、あああ、いだいいいい！　ゆ、許さんぞう！　ど、どうして私の命令をきかないんだああ！」

彼は悔しい気持ちと、激痛がないまぜになっているのか、先ほどまでの余裕の表情は既に過去のものとなり、半泣きの哀れな表情になっている。

すると、驚くべきことに悪魔が人語を語った。

「我が……依り代に……相応しい……邪悪なる魂はこちらだ……」

「「へ？」」

私とアンリの声が唱和する。

「お前では……ない」

悪魔はそう言うのと同時に、アンリに覆いかぶさり、貫いた胸に勢いよく手を差し込み抜いた。そこには青白い何かが握られていた。

それを悪魔は口へとほおばる。

「ぎ、ぎえええええええええええええ!?　し、死にたくないいいいいいいいいいいいいい!?　な、なんでこんなことにいいいい……」

アンリの絶望の声が轟くが、それは急速にしぼんでいき、次の瞬間にはバタリと倒れた。魂を喰われたのだ。

「さあ……召喚者の命に従い……我と融合する邪悪の才ある者よ」

「才ある者……私が？」

悪魔が近づいて来る。

「そうだ。その穢れた魂は……我を受け入れる器として相応しい」

「私が！　私が一番優れているってわけね！　この世界を支配することの出来る才能があるってわけね！」

「そうだ……その魂は昏く、暗く、心地良い」

「は、ははん！」

私は唇を歪める。そして、近づけないでいるリリアンたちに言い放った。

「残念だったわねえ！　やっぱり私の才能って悪魔さえも虜にしちゃうのよねえ。まあ、私ちょっと変わってるところあるからねえ」

そして、

「あっはははは！　全ての人間どもは私にひれ伏すことになるのよ！　あーっはっはっはっは！」

そう笑いながら、近づいて来る悪魔を受け入れたのだった。

「やめなさい、ユフィー！　正気なの!?　悪魔になるなんて！」

「驚きだな。まさか悪魔に見初められる人間がいるとは！」

そんな悪魔になることを蔑む声を聞きながら、どう復讐してやろうかとワクワクして、私はその身を悪魔へと変貌させたのである。

とりわけ、未来の王太子妃リリアンをどうしてやろうかとほくそ笑みながら。


【Ｓｉｄｅリリアン】


「グオオオオオオオオオオオオオオン!!」

悪魔となったユフィーの雄たけびは、聞くだけでも身の毛のよだつ代物だった。野生の獣にも劣るほどの耳障りな咆哮だ。

元人間だった彼女の背中からは悪魔の象徴である漆黒の翼が生えていた。彼女自身から発せられる雰囲気も明らかに人間のものではない。悍しい存在であることが直感的に理解できる。

その手に持つ凶々《まがまが》しい剣と、赤黒く怪しく光る双眸《そうぼう》は彼女が異形へと至ったことを確信させるのだった。

ともかくも。彼女はもはや、元人間とは信じられないほどの嫌悪感を抱かせる存在となり果てたのだ。

すなわち、妹は今や、忌み嫌われる禁忌たる存在、悪魔ユフィーとして再誕したことを認めざるをえなかった。

「あーっはっはっはっはっは！　この圧倒的な力！　全てが思い通りになる！　全ての人間どもは私を女王として認めることになる。逆らう奴らは皆殺しにする！　ぎははははは！」

「そうはさせんぞ！」「悪魔め！」「これでも喰らえ！」

瘴気によって吹き飛ばされていた衛兵たちが、剣や槍を持って、悪魔ユフィーに襲い掛かる。

だが、

「雑魚どもが！　壁のシミにでもなるがいい！　おらぁ！」

「ぎえ!?」「ぐあ!?」「うぐ!!」

なんと、一斉に襲い掛かった衛兵たちを、悪魔ユフィーは手に持った剣を一閃するだけで壁まで吹き飛ばしたのである。幸いながらけがはしているが致命傷は避けたようだ。王子直属の近衛兵なので日頃の訓練の賜物だろう。

しかし、

「ギッギッギッギ。まさか仕留めそこなうとはねえ」

悪魔はベロリと、血の様な真っ赤な舌を出して嗤う。まるで死肉を求めるグールの如き様相だ。

「お前たちは所詮前菜なんだよ。ギヒヒヒ。私をコケにしたリリアンとジェラルド殿下、それに王族どもを拷問して、阿鼻叫喚の声を聞きながら、魂をむさぼるためのなぁ。だからさぁ」

悪魔は吹き飛んだ衛兵たちにゆっくりと近づく。

「さっさと死んじまいなぁ！　グホホホホホホォ！」

もはや人間の声ではない哄笑を上げ、人としての良心の呵責など微塵も感じさせない様子で、手に持った剣でとどめをさそうと躍りかかる。

それはまさに殺戮を楽しむ悪魔の所業そのもの！

しかし。

ガギン！　その剣を受け止める鋭い音が響いた。

「くっ！　そうはさせんぞ！」

「グホホホホホ！　殿下ぁ！　何のつもりですかぁ？」

「決まっている。世界に混沌と破壊をもたらすと伝承される悪魔め！　カスケス王国王太子として、貴様をこの場で討つ!!」

ギリギリと受け止めた刃を押し返そうとする。殿下はこの大陸で最も腕の立つ剣士でもあるのだ。

だが！

「ぎーぎぎぎぎぎぎ！　人間如きが私に勝てる訳がないでしょうが！　私が一番強いのよ！

他の奴らは他人に媚びへつらって生きるのがお似合いのブスと不細工ばっかりだ！　でも殿下

ぁ。あんたなら私の奴隷にして飼育してあげてもいいですよ？　そして私の美しさを毎日誉めそやすのよ。どう？　ああ、もちろん、そこのブス《リリアン》はあなたの手で殺してもらうけれどもねえ！」

ニチャリと、涎を引くようにして、悪魔ユフィーの唇が裂けた。

「馬鹿が！　お前のような存在を誰が認めるものか！　それにリリアンの素晴らしさを知った僕には、とてもじゃないけど、お前の醜い性格と顔を直視なんて出来ないよ」

「ぐぎいいいいいい！　なら死ね！　今死ね！　ここで死ねえ！　どうしてリリアンには甘えられる男がいて私にはいねえんだよ！　私の素晴らしさを認めない奴はカスだ！　おがあああああああああああ!!」

殿下の返答に、悪魔ユフィーは絶叫を上げると、死角から殿下の足を払った。そう、人間では存在しない黒翼を伸ばして、殿下の足を殴打したのだ。

「ぐう!?」

「ぐぎひひひひはははははぁぁあああああ！　死ねえ！　格下どもがぁ！　後悔しろ！　私を馬鹿にしたリリアンはこの後拷問の限りを尽くしてから、あの世のお前の元に送ってやるからよお！　優しいだろ私は！　サバサバ女だからなぁ！　ギーギギギギギギィ！」

耳障りなガラスをひっかくような絶叫を上げながら、悪魔ユフィーが剣を振りかぶる。

殿下は態勢を崩しているから、防御が間に合わない！

私の身体は咄嗟に動いた!!

「殿下！　危ない！　ユフィーも、もうやめて！」

私は叫びながら、悪魔ユフィーと殿下の間にその身を投げ出す。

「これ以上、罪を重ねないで!!」

そう。

殿下の命ももちろん救いたかった。

だが同時に。悪魔になってしまったとはいえ、義理とはいえ妹に、これ以上の罪を重ねて欲しくないと思ったのだ。

だが、そんな気持ちは獣と化したユフィーには届かない。

「馬鹿がぁ！　目障りなお前らが仲良くいなくなるなら、ちょうどいい！　二人仲良くあの世に行きなあ!!」

ためらうことなく、悪魔の剣が振り下ろされる。

その剣は私をたやすく切り裂き、そして殿下の命をも奪うだろう。

何とか二人を救いたかった。

それだけが私の胸に去来した、純粋な願いであった。

そして。

その時である。

「うごおおおおおおおおおおおおお!?」

私たちを殺害するはずの悪魔の口から、悲鳴が轟いたのである。

「な、なんだこれは！　い、忌々しい！　白い光はぁ！　やめろ、やめろ、やめろおおおおおおおおおおお!!　ぐおおおおおおおおおおおおおおおおお!!」

獣のような咆哮は悪魔の口からほとばしり続けた。

だが、その原因と思われるのは、私の身体から発せられた神々しいまでの白い光なのだった。

白い光は今まで瘴気に包まれていた部屋の空気を浄化するとともに、負傷していた殿下や衛兵たちの傷をたちまち癒してしまう。

それどころか。

「リリアン。何をしたんだい。何だかさっきまでより力が格段にアップしているような気がするよ」

「わ、私もです。リリアン辺境伯令嬢！」

「力がどんどん湧いて来るみたいだ……」

その時、沈黙を保っていた女神様が大きな声で叫んだのである。

『グランド・ルート。それはね！』

女神様から驚きの言葉が放たれたのである！

『主人公リリアンが唯一【聖女】としてその力に目覚め、世界を支配し自分の欲望のままにむさぼろうとする悪魔として覚醒した悪魔ユフィーと対決するルートなのよ‼』

「せ、聖女？」

私は女神様のお言葉に驚いて、つい言葉に出してしまう。

しかし、その言葉は殿下や他の皆にも聞こえたようで、瞬時に納得される。

本来なら荒唐《こうとう》無稽《むけい》なおとぎ話に過ぎないものが、先ほど悪魔の力を退けたことが証拠になっているのだろう。

「聖女リリアンか！　さすが僕の妻だ！　というか僕は最初から聖女だと思っていたけどね！　リリアン以外が聖女だったらこの世界は間違ってると思うからね」

『やっぱり溺愛ルートも混ざってるわね～。私が介入してるからやっぱりちょっとバグってるのね、多分』

バグ……？　というのはよく分からないが、ともかく殿下は理屈抜きに信じてくれたようだ。

それがなぜかとても嬉しい。

そして、衛兵たちも私が伝説に謳われる聖女であることに納得してくれたようである。

その一方で。

「ぐ！　ぐがが！」

歯噛みしながら、剣を地面に叩きつける存在がいた。

「なんでなんだよ！　ぐぎいいいいいいいいいい！　悔しい！　どうしてなんだよ！　なんでてめえが聖女で、私が、私が、私がぁ!!」

ユフィーは絶叫した。

「悪魔なんだああああああああああああ！　うっがああああああああああああああああああああああああああああああ!!」

　妹である悪魔ユフィーは悍ましい姿で叫喚し、その一方で聖女となった姉の私は溢れ出る白き光を纏い、悍ましき悪魔ユフィーと対峙することになったのである。

しかし、そんな絶叫するユフィーをよそに、私の脳裏には冷静な女神様の声が響いた。

『リリアンよく聞きなさい。悪魔の力を弱めるための作戦を伝えるわ。そして……、ユフィーの行動次第では彼女もまた改心して助かるかもしれない。バグってるから、チャンスはあるかもしれない。……だからよく聞いて』

まだ妹にも救いの手を差し伸べようとしてくれている。

私も当然、家族であるユフィーを、少なくとも悪魔祓いのような形で消滅させたくはない。

改心し、自分の犯した罪を償ってもらうことが望みなのだから。

私は女神様の託宣に耳を傾けたのであった。

【Side悪魔ユフィー】


「許さねえ！　私より目立ちやがってえ。お前みたいな年増のブスが聖女なんて痛いだけなんだよ！　さっさと目の前から消えやがれ！」

どす黒い感情を爆発させながら、私は手に持った剣で、リリアンへと襲い掛かる。

忌々しい白い光に肌が焼けるようだが、奴を殺して私が世界の中心になれるのならなんでもないことだ!!

「おらぁ!!　ギギギギギギイイイイイ!!」

私の剣がリリアンを貫いた！

と思った瞬間。

「おっと、そうはさせないよ。僕のフィアンセに触れていいのは、僕だけと法律で決まってるんでね」

「き、決まってませんし！」

「おのれえええええええええええええ!!」

ジェラルド殿下が私の攻撃を寸前で防いだのだ。

だが、なぜだ？

私の闇の力は圧倒的なはず。人間如き脆弱な存在が防げる代物ではないはずなのに！

しかし、その疑問はすぐに氷塊した。

「聖女から送られてくる光の力が傷を癒してくれたのと同時に、僕に力を与えてくれているんだ。これでもう、悪魔のお前ごときに負けはしないよ。リリアンに恰好悪い所を見せたのは一生の不覚……さ！」

「ぐげあ⁉」

王子の蹴りが私にヒットして、大きくのけぞらされた。

「ゆ、許せないいいいい！　下等生物どもがああああああああ！」

私は蹴られて激高するのと同時に、

「もはや手段を選ばん！」

そう言いながら、クルリと横を向いた。

そこにいたのは当然ながら、

「ユ、ユフィー！　お父様とお母様をどうするつもり⁉」

そう、私の両親だ。どうするつもりだって？　決まっている‼

この騒動で猿轡がちょうど外れた両親が叫んだ。

「は、ははは！　もはや死刑囚になった身だ！　よし、ユフィー、私たちも加勢するぞ！　王族どもを皆殺しにしよう！」

「ええ、そうね！　そして、私たちでこの世界を牛耳りましょう。全ての富も美も名声も私のものよぉ！」

さすがお父様とお母様だ。なら。

「ありがとう、お父様、お母様。じゃあ、邪魔だからその魂を頂くわね」

「「は？・」」

唖然とする二人に私は当然とばかりに言った。

「だって、生きていたら死んでしまうでしょう？　私の代わりに戦うのなら、最初から死んでいた方が役に立つわ。そこのアンリみたいにね」

「ひ、ひぃ⁉」「や、やめ！」

何かを言いかけた両親だったが、既に私が世界に咲き誇るための手伝いをしたいという意思は確認できている。もう話すことはない。

「さ・よ・う・な・ら」

「「んぎいいいいああああああああああああああああ⁉︎」」

私は彼らの魂を頂く。

そして、間髪入れず呪文を使用した。

すると、倒れた両親、そして裏切り者のアンリがむくりと起き上がったのである。

死者であるこいつらは、忌まわしいグールとして蘇ったのだ。だが、喜ぶべきだ。何せ私を輝かせる手伝いが出来るんだから!!

「これは……驚いたね……」

「ユ、ユフィー！　やめなさい！　そんな冒涜的なことをしては、本当に魂が浄化できないほど穢れてしまう!!」

「ぎひはははははは！　そうだ！　その顔が見たかった！　恐怖でおののく、その表情がなあ！」

そう哄笑を上げる私の両脇から、かつて人間だった三匹のグールが彼らに躍りかかっていった。

「消え去れ聖女！　消え去れ王族ども！　私を讃えない存在は！　邪魔者は、この場で死に尽くすがいいわ!!」

そして、

「この世界は私より劣る者のみが残ることになるのよ！　あーはっはっはっはっは!!」

私の哄笑が再び部屋の瘴気を濃くし始めるのだった。

「行けぇ！　私の華やかな未来のために、そこの邪魔者どもを一掃するのよ！」

「グオオオオオオオオオオオオオン!!」

ギイイイイイイン！

命を奪う容赦のない攻撃が、王子たちに一斉に行われる。死者は生者よりも何倍もの膂力《りょりょく》を持つ上に、私の闇の力を付与しているおかげで、化け物として圧倒的な力を見せる。

「いい気味ねぇ！　この女王ユフィー様に立ちふさがったのが運の尽きというわけよ！　ぎひひひ！　何が聖女だ！　王族だ！　お前らはもはやこの女王の敵！　すなわち国賊なのよ！　あーはははははは！　やれ、グールども！　私の手足として働け！　働けぇ！」

「くっ！　なんて卑劣なんだ。死者への冒涜をこうもあっさりとしてしまうとは！」

「ぎひひひ！　そんな細かなことにこだわってるネチネチした性格はやめることねぇ！　私みたいにサバサバした性格になることをおすすめするわぁ！　さぁ、グールどもよ！　そこの目障りな聖女や王族どもを、さっさと抹殺してちょうだい!!」

ガギイイイイイイン!!

「むぅ！　死者を弄《もてあそ》ぶことにここまで躊躇いがないとはね」

「しかも、私の光の力を圧倒するほどの瘴気です！　死者の冒涜という禁忌が暗黒の力を強めているっ……！　ユフィー、本当にもうやめて！　あなたを愛したお父様とお母様じゃないの！」

「はぁ〜？」

私はせせら嗤いながら言う。

「だからこそ、今も私のために、コキ使ってやってるだろうが！　てめえは愛されなかったから嫉妬してるんだろうけど、両親が私に尽くすのは当然でしょう。ま、もちろん、お前らだって死んだらグールにして、私の役に立ってもらうけどねえ。やっぱり私みたいな悪魔さえも虜にする、ちょっと個性的な女の方が女王は向いてるのよ。だから、お前らも殺したら手下にして、他の王族どもを皆殺しにするわ。そうしたら、そいつらも私の配下にしてあげるのよ。そうしてこの世界を支配する!!　完璧な作戦ね！　神様だって賞賛してくれるはずだわぁ！　な、それならお前らも文句ねーだろ？　この女王ユフィーの元で、元王族のグールとして世界のために働けるんだからなあ！」

そうしている間にも、グールたちの猛攻は続く。

王子と衛兵たちは光の力で何とかもちこたえているようだが、私の闇の力の方が強い！　両親すらも。そして婚約者だったアンリの死すらも利用するサバサバした性格が、この素晴らしい結果を招いたのだ。

まさに私こそが女王の座に相応しいことを証明している。他の者が今まで私より上の立場にいて、ちやほやされ、誉めそやされ、命令をしていたことこそが世界の誤りだったのだ！

「この世界は私のためにあるのよ‼」

そう叫ぶ。

そして、その理は間もなく、グールがリリアンや王子たちを殺すことで実現される……はずだった。

しかし。

「ぐ⁉　な、なんだ⁉　力が……」

私は異変に気づく。力が弱まっているのだ。

それは闇の力を与えていたグールの力にも露骨に反映される。王子どもに押し戻され始めたのだ。

ぎい！

どうしたんだ。こんないいところで！

と、その時。私と同化し、取り込んだ悪魔から知識が流れ込んできた。

『夜が明ける……。闇の力は……暗黒の中で最も力を発揮する……』

「そういうことか！　くそが！」

私は悪態をつく。

死刑は夜明け前の深夜にひっそりと行われた。

そこから数時間が既に経過している。もうすぐ夜明けなのだ。

「ちい！　命拾いしたわね！　だが次は必ずグールにする。手下として永遠に下僕として酷使してやるわ。首を洗って待っていろ！　私をコケにした報いは必ず受けさせてやるからなぁ!!」

私は瞬時に撤退を開始する。

葛藤がない訳ではないが、明日の深夜になれば、また力が復活し、再びこいつらを襲撃し、跪《ひざまず》かせ、あげく下僕にすることを誓わせるチャンスが巡ってくるのだ。それを待つのも悪くない。

と、その時である。

「ユフィー！　正気を取り戻して！　あなたが処刑になる際に大切にしていた懐中時計よ！　それで人の時の愛を思い出して!!」

「あはぁ」

私は唇を裂けるようにして嗤いながら、こちらへ投げて寄越された懐中時計を受け取る。

「ぎひひひひ！　馬鹿めが！　なーにが愛だ！　お前のは男に媚びる愛だろうが！　だが、お前が馬鹿なおかげで時間が正確に分かることだけは、礼を言っておくわ。間抜けな聖女、リリアン姉さん。あは、あははははは！　明日までの命、せいぜい震えて待っていることねえ。私はその姿を想像するだけで身もだえするわ。いひひひひひひ！」

ゴォ！

「暗黒の瘴気⁉　光の壁よ！　闇の力を防いで！　待って、ユフィー！」

「見えないが……。気配が遠のいていく」

私はグールらとともに、煙のようになって城の地下処刑場から抜け出すと、近くの森の中にある沼の中へと身を潜めたのである。

太陽の光にこの身を浄化されぬように。

次の夜には、この世界のすべてが私のものとなり、全ての人類が跪き、崇拝し、富も名声も美も全てを手中にすることを確信しながら。

唇を歪めながら、時を待つ。あの馬鹿な姉が寄越した懐中時計が、奴ら自身の寿命を教えてくれるかと思うと滑稽で、その笑みはますます深くしつつ。

【王国史　ある兵士による悪魔の記録より】

月が煌々と夜闇を照らしているというのに、なぜか靄がかかったような薄暗さに民たちは不気味さを感じていた。

生ぬるい風は、どこか腐臭を感じさせ、思わず開けていた窓を締め切ってしまう。

それでも、なぜか背中を走る悪寒や蟻走感《ぎそうかん》は消えない。

むしろ、夜が深まるに連れて、何か人が見てはならない、触れてはならない禁忌が迫って来るような。そんな悍ましい気配を、民は感じざるを得なかったのである。

そして、『それ』は現れた。

王都の目抜き通りに現れたその存在は、暗闇の中で炯炯《けいけい》と紅の瞳を輝かせていた。それはまさに異形を示していた。

その正体はグール。

だが、悪魔ユフィーが処刑場にて復活させた三体のグールだけではない。

墓地より冒涜の限りを尽くし、グールとしてこの地に蘇らせられた異形の者たち百体以上が群れを成し、うめき声を上げて行進していたのである。

そして無論、その先頭にいるのは、世界を冒す【悪魔ユフィー】である。

その姿は処刑場の時よりも、悪魔とより融合が進んだせいか大きくなり、体長は十メートルを超す巨体となっていた。

まさに、死を冒涜し、死者を使役し、悪魔の所業を犯す首領としての風格を見せ付けているのであった。

彼女に、死者を蘇らせ、行進させ、王都を荒らしつくすことへの忌避感は一切ない。

なぜなら、それが彼女にとっての正義だから。

この世界の中心として輝き、全ての生きとし生ける者たちの頂点として君臨し、崇拝されることが現実化しようとしている今、彼女の精神には陶酔感しかない。

いや、もう一つあるとすれば、それは。

「ぐふふふふふ。来たわね、リリアン」

悪魔ユフィーの襲撃を予想していたカスケス王国は、聖女リリアンを中心とした迎撃部隊を編成し、待機していたのだ。その数は五百にも上る。

しかし、それを見ても悪魔ユフィーの余裕は消えなかった。

むしろ、

「あっはははははははぁ！　良質な餌を用意してくれてありがとう、リリア〜ン。お前がそいつらを死地に送り出してくれるおかげで、私の栄光が近づくのよ。これほど痛快なことはないわぁ！」

「ユフィー。本気で言っているの⁉　どうしてなの？　あなたには公爵令嬢として女主人になる道もあったし、それが嫌なら養子をとって、他国へ嫁ぐという手もあったはずよ。なのにどうしてこんな馬鹿な真似を……」

「はぁ〜？　そんな中途半端な身分なんていらないわ。他国に嫁ぐのもカスケス王国以上の国なんて無いじゃない。そ・れ・に。そもそもお前みたいなババァのドブスが王太子妃になるのに、私がそれに劣る身分になるなんて許せるわけないだろうが。この事態を引き起こしたのはお前ってわけよ。お・わ・か・り？　間・抜・け・な・お・ね・え・さ・ま」

「ユフィー……」

　リリアンは余りの理不尽な返事に言葉を失うが、代わって、ジェラルド王太子殿下が言葉を発する。

「間抜けなのはお前だ、悪魔ユフィー！」

「で、殿下……」

　ジェラルド殿下はユフィーの言葉に対し反論する。

「お前が嘘を吹聴《ふいちょう》し、あろうことか僕のリリアンを家族ぐるみでいじめていた際、もしリリアンがそのことを一言でも僕に伝えていれば、お前の首はつながっていなかっただろう。だが、彼女はそうしなかった。王室主催パーティーでそれが分かったのは、お前の自業自得だった。つまり今、お前がそうして生きていられるのは、決して妹の悪事を漏らさなかった姉の愛以外の何者でもないんだぞ」

「愛ですって？　ぎゃはははは！　その結果が王都の危機なんだから嗤えるわ！　捧腹絶倒よお！　馬鹿がぁ！」

だが、ユフィーの余りの冷徹な暴言に対しても、殿下は屈しない。

「その態度こそが、お前が王太子妃になれなかった原因だと、まだ分からないのか？」

「はぁ～？　意味不明なんですけど？」

ユフィーの馬鹿にしたような言葉に、殿下は冷笑を浮かべて答える。

「自分の命を救ってくれた恩人にすらも感謝する心が持てないお前は、悪魔そのものではないか。そんな人間が国母になる資格があるはずもない」

殿下は抜刀し、悪魔ユフィーに剣先を向けながら断言した。

「そして、今や貴族の生活を支えてくれていた民すらもグールにし自分の栄華のためだけに冒涜している。そんな人間が人の上に立ったとしても尊敬されることはなく、かけられる言葉は表面上は誉めそやすものであったとしても虚偽に過ぎない。お前が永遠に欲しいと思っている栄華とは無縁の孤独な存在にしかなりえない！」

その正論に対し、悪魔ユフィーは全く動じずに反論する！

「くだらない！　所詮は雑魚のたわごと！　強くて美しい者が世界を支配して、全ての富と栄誉、賞賛を独占するべきだ！　そして、私にはその資格がある。そのためにお前らは邪魔だ！　私を認めない者は全員グールになってしまうがいい！　今宵がカスケス王国の最後だ！　そして死者の国として、私が世界を支配した最初の日として記録されるがいい！」

あは。

あはは。

あーはっはっはっは！

悪魔ユフィーのガラスをひっかくような、耳障りな哄笑が王都に響くのと同時に、

「行け、グールどもよ！　生者を踏みにじれ！」

「防御に徹しながら前進せよ！　我々には聖女の加護がある！」

悪魔の軍団との戦闘が開始されたのであった。


【Side悪魔ユフィー】


「私の可愛い下僕たち！　さあ、私を女王にするために尽くしなさい!!　あはははははは！」

「グオオオオオオオオオオオ!!」

百体のグールたちが、五百人の兵士たちに襲い掛かる。

「はぁあああああああああああ!!」

ズバッ！

グールたちは勢いよく襲い掛かるものの、鍛えられた兵士たちの前に簡単に応戦され、反撃

を食らう。

「しょせんは何の訓練も受けていない死者の群れだ！　恐れるに足らず!!」

グールたちを撫で斬りにした兵士が意気軒昂《いきけんこう》に叫んだ。

一気に士気が上がる……はずであった。

だが。

「ぎゃはははははは！　馬鹿が！　だからお前らは駄目なんだよ！　ま、やっぱり私みたいな悪魔とも契約できるぐらい変わった性格じゃないと、グールの相手なんてできないのかしらねぇ」

「な、なに？　ぐわぁ!?」

「た、隊長！」

その驚愕に目を見開いた人間どもの表情に、私は腹を抱えて嗤う。

何せ、撫で斬りにされたグールたちが次々と起き上がって、近くにいた兵士たちに一斉に噛みついたり、強靭な爪で攻撃を仕掛けたからだ。

「ほらぁ、どうしたのよ。きひひひひひ。陣形が乱れてるわよお。弱すぎて弱すぎて、あくびが出てしまうわぁ」

「もうやめてユフィー！　本当に悪魔として人間を支配するつもりなの!?」

そのセリフに私はニチャリと唇を歪めた。

「ぎひひひひ！　いいわねえ、その顔！　最高だよ、この年増のブスが！　それに勝った方が正義なんだよ！　お前らみたいな雑魚を従える私は神そのものってわけよ！　そんでもって、聖女を名乗るお前は神にそむいた背徳者ってわけだ！　あはははは！　立場が逆転したわねえ、リリアン！」

「リリアン、もはや彼女に何を言っても無駄だ。話せば君の魂が穢れる方が心配だ」

「ぎゃははは！　格下が吼えても痛快なだけねえ。私はサバサバしているから元から気にしないけれどもねえ。……でも」

私は唇を三日月のようにして笑う。

「そこまで私に拷問されたいなら仕方ないわねえ。私はお前らに冤罪をかけられて、牢屋で臭い飯を食わされて、死刑にされるところだった。そんなこともちろん気にもしていないわ」

で・も・ね・え……。

ますます笑みを深めて言う。

「望むなら仕方ないわ。しかもお前だけじゃないわ。偽聖女のリリアンも、この神たる私に逆らったそこの兵士たち。それに、見せしめにこの王都の民たちも拷問してやるわ。神が降臨するのだもの。生贄が大量に必要よねえ。あとは私を社交界から追放したあの貴族ども！　あいつらも拷問した上でぶっ殺してやろう！　きひひひひ、今決めたわあ！」

ブオン！

私は良いアイデアだと上機嫌になって、片腕を大地にたたきつけた。

ドゴオオオオオオン！

舗装された地面が抉れて、クレーターが出来る。

「これが神の力よ！　お前ら下等生物は生贄になれて幸せでしょう！　さあ、グールたちよ、勝利を私にもたらしなさい‼」

「くっ！　光の力よ！　魔を退け、傷を癒したまえ‼」

リリアンが光の力を使って、グールたちをひるませる。

それと同時に、傷ついた兵士たちの傷が治っていった。

しかし。

「いいわねえ、もっともっと楽しませて！　雑魚が手の平の上であがいている様子を見るのは気分がいいから！　あーっはっはっはっはっはっは！」

形勢は完全にこちらが有利だった。

深夜ほど闇の力は強まるのだ。

だからこそ、最も力が強くなる、夜明けの二時間前に王都を襲撃したのである。

私は懐中時計を見る。

戦闘が開始されてまだ三十分程度。

一時間もあれば余裕でこいつらを始末することが出来るだろう。

そうなればもはや私を脅かす存在はいなくなる。

「神だ！　私が神！」

私は絶叫した。

「この世界は私のものだ！　ひれ伏せ！　貢げ！　信奉しろ！」

グールと共に私も突撃する。

嗤いながら。

蹂躙しながら！

「喜ぶがいい！　神をその目で最期に見れた幸運になぁ！」

ガギイイイイイイイイイイイン!!

「ぐぅううう……。僕をもってしても、なかなか重いね」

「で、殿下！」

「邪魔だ！　その目障りな偽聖女を殺れないだろうがぁ！」

ギイイイイイイイイイン！

何度も腕を振るう。

地面を楽々に抉る打撃の連続。

当然ながら、ジェラルド殿下は手も足も出ない。

よく耐えているがそれだけだ！

「ぎひひひひひ！　ああー、いいこと思いついたわぁ」

私は嗤いながら、顔を近づけて言う。

「神とは言え、伴侶はいるからねえ。お前を王配にしてやるよ、夜の方も頑張るのよ、ジェラルド殿下ぁ。ぎひひひ！　でも～」

私はますますニヤつきながら言う。

「死にたくなかったら、そこのリリアンを殺しな。それが条件だよ。私を楽しませられたら、命だけは助けてやる」

一度聞いた問いだが、さすがにこんな状況にさらされて、考えも変わっっているだろう。

殿下はポカンとした表情をする。

それから。

「命を助けてくれるのかい？」

ぎひ。ぎひひひひ！

ああ、やっぱり乗ってきた！

こいつらの言っていた愛なんて所詮その程度のものだ！

私がこの世界で一番美しく、偉大で、尊い存在なのだから、私を選ぶのは仕方ないことだけど！

「さぁ、どうする？　どうする？　迷う必要なんかないでしょう？　そんな年増なんて殺して、さっさと私を選ぶしかないわよねぇ」

私は勝利を確信して、ゲタゲタと嗤う。

「うーん、うーん」

だが、すぐに答えを殿下は出さない。

「悩む必要なんかねえだろうが！　さっさとしろ！」

「うーん、確かに、悩む必要なんかないよねぇ」

なるほど。

私はニヤリと嗤う。

既に殿下の心は決まっているのだ。

リリアンを捨てて私の伴侶になることを！

まぁ、当然のことよね！

でも、恐らく婚約者であるという義理から、このブスで年増の姉を捨てる決断が簡単に出来ないんだろう。

「優柔不断ねえ！　まぁいいわ！　それなら！」

ああ、そうだ。

どうして最初からこうしなかったのだろう。

よく考えれば、もったいないことをする所だった。

殿下には感謝しなければ。

なぜなら。

「リリアン！　お前への恨みは私が直接晴らすに決まってんだろうが！　誰にもこれだけは譲れない！　私がお前を苦しめて、苦しませぬいて、殺してやる！　よくも私を社交界から追放してコケにしてくれたな！　その恨みを晴らしたらどれだけ心地良いか、忘れた日はなかったわ！　それが！　それが！」

それこそが！

「今この時なんだよ！」

私は殿下から目を離して、リリアンに身体を向ける。

「死ねええええええええええええええ!!　あーっはっはっはっはっは！」

そう哄笑を上げながら突撃を始めようとした……その時である。

カッ！

「……は？」

彼女の背後から後光の如き光が差した。

そして、その光はどんどん周囲を照らし出し、夜の帳をこの世界から駆逐し始めたのである。

それと同時に、

「な、なんでだ⁉　おかしいだろ⁉　あ、ああ！　や、闇の力が無くなっていく⁉」

意味の分からない事態に、勝利を確信していたはずの私は、狼狽することしか出来ないのであった。

【Side聖女リリアン】

『ふー、うまく行ったわね！』

女神様のホッとした声が聞こえてくる。

私も同様に緊張感を少しだけど緩ませることが出来た。

そんな私たちを前に、目の前の悪魔は怨嗟の雄たけびを上げる。

「んぎぇえええええええええええええええ!!　熱い！　熱い！　ぢくじょう！　やめやが

れえええええええ!!　妹を！　妹を！　殺す気か、姉のくせにいいいいい！　お前こそが魔女だ！　この似非聖女が!!」

先ほどまで余裕の表情を崩さなかった、悪魔ユフィーが、じたばたと地面をのたうち回っていた。

「おお、さすが聖女様だ!!」

「聖女リリアン様の後光が、悪魔ユフィーの邪悪な魂を浄化しているんだ!!」

「聖女様の光の力に、闇の力などなすすべもない!!」

兵士たちが口々に誉めそやしてくれる……だが、実はそうじゃない。

私がやったのは、いえ……。

私は内心で首を振る。

「ユフィー、あなたは私に『やめろ、やめろ』と叫んでいるけれども……」

私は彼女に真実を伝える。

「私は何もしていないわ。だからこそ、あなたは今、私に敗北を喫しようとしているのよ？」

その言葉に、しかし彼女はヒステリックに叫ぶ。

「ふざけんじゃねえぞ！　このゴミクズがぁ！」

下品な口調でユフィーが罵るように言う。

「嘘ついてんじゃねえぞ！　お前の聖女の力で私を殺そうとしてんだろうが、この魔女がぁ！」

彼女はそう絶叫したのである。しかし。

『リリアン。やっぱり無理だったみたいね。もし、この光の下で大丈夫なら、バグを利用した、救済ルートもあるかと思ったのだけど……』

バグ……というのは天界用語だったはずだが、ともかく、女神様のすべてを見透かすような託宣のおかげで、私は冷静さを失わずにいることが出来た。

そして、私はただスッと身体を横に少し移動させたのである。

その瞬間。

「ぎゃああああああああああああ!!」

悪魔の怨嗟を伴う絶叫が王都に鳴り響いたのであった。

私は女神様がさっきおっしゃた通り、その残念な結果を認め悲しい気持ちになりながら言葉を紡ぐ。

「分かったでしょう？　これはただの太陽の光よ、ユフィー」

「は？」

彼女は虚をつかれたような、素っ頓狂な声を上げた。

それはそうだろう。

私からは後光など。

聖女としての力など、本当に最初から何も使っていなかったのだ。ただ、兵士たちを癒し、防御の力を高める力としてのみ使っていたのである。

「ユフィー、もしあなたの心に人間の心が少しでも残っていたら太陽に焼かれるようなことはないはずなの。でも、あなたは自分の魂を自ら穢れさせ過ぎてしまった。そうでないことを祈っていたのだけれど……」

「理不尽よ！　私は何も悪いことはしていないわ！　ただ、世界中の人間どもを支配して、思うが儘に栄華をむさぼりたかっただけ！　傅かれて誉めそやされて、私を中心とした世界にしたかっただけなのに！」

私はその言葉に淡々と諭すように言う。

「死者を弄び、肉親をも殺そうとした人が世界の中心になれるわけがないでしょう？　むしろ、それは世界の理に背く行為に他ならないわ。世界から排除されるべき忌むべき存在そのものよ。だからこそ、あなたは今、朝日の温かな日差しを受けて、浄化されつつあるの」

「ひ、ひいいいいいいいいい!!　死にたくない！　死にたくない！　ああ、どうしてなの。時計が狂っていたの!?　ま、まだ夜の支配する時間だったはずなのに！」

悪魔ユフィーはそう叫びながら、持っていた時計を何とか見やる。

その時刻は確かに早朝の四時半を少し過ぎた頃合い。本来なら朝日が昇るまでにはあと一時間以上もある。しかし。

「時計の針を遅らせたのよ、ユフィー……。聖女になったことで、女神フォルトゥナ様の託宣が聞こえたのよ。浄化されるような穢れた魂でなければ、説得するつもりだった。でも、この僅かな光にすら耐えられないほど穢れ切っているようでは、悲しいけれど、さすがに諦めざるを得ないわ……」

「ぐぎ、ぐぎぎぎぎぎぃ！」

世界に否定された真実を、まざまざと突き付けられて、悪魔ユフィーは身もだえしながら歯ぎしりし、まだ動く手を地面に叩きつけて悔しさをあらわにする。

しかし、

「く、くそがおおおおおおおおおおおおおおおお!!」

体中に亀裂を生じさせながらも、悪魔ユフィーは最後の力を振り絞って私へと肉薄する。

「お前だけは道連れにしてやる。リリアンンンンン!!」

『浄化が間に合わない!?　よ、よけなさい！　リリアン！』

女神様のお言葉は珍しく焦っている。

攻略本（？）とやらには書いていない展開なのだろうか？

だが、私は正直彼女の道連れになってもいいかな、と思ったのである。

それが悪魔にまでなってしまった妹にしてあげられる唯一のことだと思ったから。

でも。

「すまないね。リリアンの気持ちを無視するのは本当に本意じゃないんだけど。彼女がいない世界に意味なんてないから」

「ぐ……あ……」

殿下の剣が見事にユフィーの胸を貫いていた。

ああ、そうだ。私は今更ながら思い出す。

「ごめんなさい、ユフィー。まだ私は行けないわ。こうして愛してくれる人がいる」

「ぐぎぎぎ、く、くや、しいっ……！」

「ユフィー……。大丈夫よ。悪魔とまで融合してしまったあなたは、数万の年月を地獄で過ごし、罪を償う必要がある。でも、悔い改めればきっと生まれ変わって更生することができるわ」

「ひ、ひぃ！　い、いやだ！　何万年も地獄なんて！　た、助けてぇ!!」

「『……悪魔の影よ、汝の力は無力となれ。神聖なるフォルトゥナ様の光の力により、我が身を守りしまつらん。永遠の祝福が在り給え』。私にはこんな聖句を唱えてあげることくらいしかできない。でも悔悟の機会があること自体が救いなの。あなたの未来を心から応援しているわ、ユフィー」

「ぐ、あ、あ、あ……」

聖句を聞き、そして更に上昇してきた太陽の光の力によって、悪魔の身体は急速に消滅していく。

その時である。

「……姉さん。私は今まで何を？」

「ユフィー⁉」

「リリアン……姉さん……。ごめんなさい、悪魔にのっとられたせいで、迷惑をかけちゃったみたいね……」

消滅しかかっている彼女は私に近づいて来る。

そして、

「最後に家族の腕の中で逝きたいわ……」

私はそう言って近づいて来た彼女を。

既に人間ほどのサイズに縮まってしまったユフィーを抱きしめたのであった。

しかし。

「ぎひ」

私の腕の中で、

「ぎひひひひひひひひひひひ！」

けたたましい悪魔の嘲笑が鳴り響いた。

「馬鹿じゃねーの！　だからお前はノータリンなんだよ！　最初の作戦に変更だ！　お前の身体に憑りついて生き延びてやるぜ！　おっと、殿下も兵士どもも動くなよ！　ぎゃははははは！」

「ぐぅ！」

私の中にユフィーの穢れた魂が入ってきた。

周囲の仲間たちは慌てふためく。聖女が悪魔にのっとられてしまったのだから当たり前だ。

しかし、

『リリアン、だから言っておいたのに。攻略本では、ユフィーは憑りつくつもりで油断させようとしてくるって。そしてあなたは彼女を抱きしめてはいけないって。なぜならそれは罠だからって』

唯一冷静な女神様のお声が聞こえてきたのだった。

「すみません。女神フォルトゥナ様」

私は女神様にお詫びする。

感情に任せて、家族である彼女が改心した可能性を一ミリでも信じたかった私は、勝手な行

動をしたのだ。

でも、

『いいえ、それでいいのよ。ふふふ』

「女神様？」

託宣を無駄にしてしまった私になぜ微笑んで下さる。

女神様はやはり少し嬉しそうに言うのだった。

『私こそずっと勘違いしていたわ。本当にごめんなさい。この【グランド・ルート】が少し変なのをバグだと思ってた。でも、違うのね。あなたたちはみんなそこにいて、実際にそちらの世界で起こっている事件なんだわ。それなら！』

女神様の力強い声が響く。

『そちらの世界の住人のあなたが自分で考えて、決めて、行動するのは当然のことよ。そして、ユフィーはあなたの家族なんだから、姉であるあなたが思う方法で断罪《浄化》してあげなさい！』

女神フォルトゥナ様の力強いお言葉に、私の心は震え立つ。

そして、最後の戦いの前にお礼を言う。

「本当にありがとうございました！　女神様の託宣のおかげで私は自分で行動することが出来ました」

『ふふ、私がいなくても何とかなったと思うけどね』

でも私は内心で首を振った。

「お礼を言いたいのは、うまく事件を切り抜けられたとか、そんなことではないんです」

『へ？』

私ははっきりと伝えた。

「自分から行動して運命を切り拓くことが出来たことにお礼を言いたいんです。女神様は私に命令するのではなく、全て助言という形で伝えるだけで、行動自体は私の判断にゆだねてくださいました。自分の運命を、自らの行動で切り拓けたのは女神様のおかげなんです！」

そう。

確かに女神様は託宣で数々の助言をしてくれた。

でも、決してそれを強制するようなことはしなかったのである。

常に私自身に選択肢を委ねてくれた。

さっきみたいに。

「ふふ、そっか」

女神様は微笑む。

そして、

『そんじゃ、まぁ、私もあなたの断罪を見たら……』

女神様も朗らかに言ったのだった。

『私もこっちの世界で自らの人生を切り拓こうかしら。自分で考えて、行動してケリをつけてやろうじゃないの！　ふふ、こっちこそありがとう、リリアン！　あなたこそ私に勇気を与えてくれた戦友よ！』

「女神様にそう言ってもらえるなんて光栄です！」

私の心に温かなものが広がる。

さあ、それじゃあ、始めよう。

私に憑りついた悪魔ユフィー。

彼女の家族として、最後に精一杯のことをしてあげるのだ！

ゲーム開始【８】時間目．

自称サバサバ女の妹
ユフィーを断罪する！

【Side聖女リリアン】


私の精神世界の中に悪魔ユフィーはいた。

ここは私の心の中。

彼女は内部から侵食するかのように瘴気を発している。

私を乗っ取ろうというのだろう。

「グオオオオオオオオ!! 私の思い通りにならない世界など存在しても意味がない!!」

彼女は心の底から巻き起こる全てを憎む気持ち、嫉み、嫉妬、怨嗟の心を爆発させていた。

「はははははは! ざまぁみなさい! まぁ、私みたいなサバサバした女を認めない、こんなねちっこい虫けらどもなんて、全員道連れにしてやるわ! そうすれば、残った奴らは全員私の事を認めざるを得ないでしょうしねぇ! あーっはっはっはっはっは!!」

ある意味、私の精神世界にこの瘴気がとどまっていて良かったと思う。

この闇の力に触れたら、生き物たちは生きていけまい。

私はそんな完全に悪魔と化したユフィーに声をかける。

「本当に自分に従わない人全員を滅ぼそうと言うの?」

その言葉に彼女はこちらを見てニチャリと嗤う。

「あははははは！　もう遅いわ！　思い通りにならない世界なんて意味ないでしょう。なら、従わない奴は殺すだけよ。そうすれば自分を認める者だけ残るんですもの！」

彼女は嘲笑すら浮かべている。

でも私はその言葉に、単純に首を傾げて疑問を口にする。

「本当にそれでいいの？」

「良いに決まっているだろうが！　はは−ん、さては負け惜しみってやつね。無様だなぁ、おい！」

彼女が更に嘲笑を深める。

しかし、私はあっさり告げる。

「でも私が、あなたを認めている唯一の存在なのよ？　それは、私と二人きりの世界がいいということなの？」

「は？」

彼女は意味が分からないとばかりにぽかんとするが、本当に理解出来ていなかったのだろうか。

「み、認めてないだろうが！」

「認めているわ。だからこそ、何度も説得して、家族として仲良く暮らそうとしていたんじゃない。でも、もし二人きりが良いなら、このまま二人で私の精神の世界で暮らしましょう」

その言葉に、ユフィーはギョッとした表情になる。

「嫌だ！　わ、私は他人にちやほやされたいんだよ！」

その言葉に、私は眉をひそめる。

「それは、悪魔になって親も手にかけてしまった時点でさすがに無理よ。表面上はチヤホヤとしてくれる人はいるかもしれないけど、本心から慕ってくれることはありえないんだから。だとすれば、あなたはこの世界を、私を除いて滅ぼすことになる。つまり、あなたの望む世界とは、私と二人きりの世界ということなのよ？」

「は、はぁ⁉」

彼女は叫びながらも、何とか反論しようとして口を開く。

「お、お前はそれでいいのかよ⁉　二人きりでずっと過ごすなんてっ……」

私は淡々と、

「ええ、別に構わないわよ。それに、あなたもサバサバしているというなら、それでいいでしょう？」

それはユフィーの口癖だったはずだ。

だが、

「い、嫌だ……」

彼女はぞっとした表情をしながら言った。

「嫌だ、嫌だ、嫌だ、嫌だ、嫌だ！」

彼女は叫ぶように言った。

「そんなの耐えられるわけないでしょうが！」

私は首を傾げる。

「どうして？」

「それは……」

彼女は言い淀む。

私はゆっくりと手を掲げ、そして、ビシリ！　と彼女を指さして言った。

「それはあなたが他人に執着をしすぎているネチネチ女だからじゃない？　本当のサバサバ女なら割り切れるはずよ！」

「そ、そんなこと……む、無理に決まってんだろうが！」

「なら、評価してくれない他人のいる世界に戻るしかないわ」

「む、無理だ！　嫌よ！　なんで私がそんな選択をしなきゃなんねえんだよ⁉」

その言葉に、私は真実を突き付けた。

「ユフィー。これはあなたが招いた事態なのよ？　そんな明白な事実すら認めず、選択すらできないなんて。それはもはやサバサバ女じゃないわ！」

「ぐ、ぐがぁ!? お、おのれぇ! リリアン! 最後までうるさい女だ! 死んでそのうるさい口を閉じやがれぇぇぇぇぇ!!」

彼女はアイデンティティーが崩壊するのと同時に、力にものを言わせ襲い掛かってくる。

でも、

「それは自分が正しくないと認めた証拠よ、ユフィー」

そして、

「ここは精神世界。心で負けた者が勝つことは出来ない世界なのよ。……光の力よ」

私の言葉に、今まで瘴気に満たされていた世界が、一気に光に浄化されていく。

それと同時に、

「ぎ、ぎゃあああああああああああああああああ!!」

私の先ほどまでの断罪によるダメージと、聖なる力によって、ユフィーの邪悪な心ごと浄化を始める。

「ぢ、ぢぐしょおおおおおおおおお!!」

ユフィーが悔しさの余り咽ぶ。

「ああああ……。何一つ勝てない……なんてぇ……」

彼女は絶望の声を上げながら、今度こそ本当に消滅の時を迎える。

だが、

「そんなことはないわ」

私は彼女の誤解をせめてもの思いで最期に解く。

「あなたの執念は粘着質だけど本物だった。それをもっと違うことに向かわせられれば、きっと素晴らしい人になれたと思うわ。次の人生でもきっと姉妹として生まれましょう」

そんな私の言葉に対して。

「私は……サバサバ女だ……ネチネチなんて……して……ない……」

そう最期まで主張しながら精神世界から浄化され、消滅していったのだった。


そして、彼女が断罪され、浄化されるのと同時に。

『お疲れ様、戦友！　私もちょっくらこっちの世界で戦って来るわね！』

そんな女神様の最後の託宣が聞こえてきたのだった。

エピローグ.

自称サバサバ女を現実世界でもざまぁ！する

【Ｓｉｄｅ鈴木まほよ】


現実世界に戻った私は早速行動を開始することにした。まず最初にやるべきことは若社長である榊佳正さんに、先日、食事を中座したことをお詫びしたうえで、もう一度同じ席を設けてもらうことができないか聞くことだった。

さすがに忙しいかと思ったが、なんと即ＯＫだった。

めちゃくちゃ忙しいはずなのだが、なぜ？

ともかくこうして、私たちは改めて食事をすることになったのである。

そして、思った通り、前回と同様、やはり彼女は現れた。

「あらあら、やっぱりまた男漁りに精を出していたのね。鈴木さん、いい加減懲りたら？　あんたみたいなブスのニートに社長は釣り合わないわよ」

「雲田くん、失礼なことを言うもんじゃないぞ」

若社長は強く窘めてくれるが、雲田さんはどこ吹く風だ。

だが、戦友であるリリアンと一緒に駆け抜けた経験値は無駄にはならない。自称サバサバ女との戦いを私もまた熟知しているのだ。

私は口を開いた。

「悔しいんですか？」

私はフッという表情で彼女に微笑みを向けて言った。

「……はぁ？」

彼女の動きが止まった。

「自分が男性に相手にされないからって難癖をつけないで下さい」

私は追い打ちをかける。すると、雲田さんの方は盛大な作り笑いで反論してきた。

「は、はああああああ!?　私は男友達多いっつーの！　お前とは違うんだよ！」

「じゃあ、社長に執着する理由はないんじゃないですか？」

その言葉に、彼女はフフンと鬼の首をとったような表情を浮かべて言った。

「私はねえ、会社を無責任に辞めたあんたみたいなのと、うちの大事な社長が食事しているのが、会社のイメージを悪くするんじゃないかって心配でねえ。秘書として当然の役割を担ってるだけだっつーの！　分かったかよ！」

「へ〜、会社のイメージですか。ほほーん」

私はニヤリとする。

「な、何よ」

「じゃあ、こういうのは会社にとって良くないんじゃないですかねえ？」

「こ、これは⁉」

私はボイスレコーダーを置く。

「以前辞めていった新人たちへのイジメの記録です。彼女たちは録音まではしたけど、これを会社に提出するかどうかは私に委ねて辞めました。怖かったんでしょうね。気持ちは分かります」

「な、ななな⁉　い、イジメの記録⁉　な、なんでこんなものを今更⁉」

明らかに狼狽している。まさか録音されているとは思わなかったのだろう。もちろん、こういう録音に違法性はないし、証拠にもなる。

「前に言ったでしょう？【引継ぎ漏れ】があるって。どうしようか迷っていたんです。告げ口みたいだし、もう終わったことだから、と。でも雲田さん、あなたが自分で今言いましたよ。会社のイメージを損ないたくないって。そこまで言うなら、私たちの利害は一致していますよね？　このＩＣレコーダーを会社へ提出して、会社のイメージを最も落とすイジメの実態を暴き、しっかりと再発防止に努めましょう！」

その言葉に、雲田さんは顔面蒼白になりながら、唾を飛ばしつつ激高する。

「や、やめろ！　そ、そんなことしたら許さないわよ⁉」

「雲田さんはサバサバ女なんでしょう？　なら、ここはあっさりと受け入れるべきでは？　いいえ」

私は立ち上がり、彼女の目をまっすぐに見る。ヒッと、彼女は怯んだ。

「サバサバ女はイジメなんてしないのよ。あなたはただのネチネチ女で、決してサバサバ女なんかじゃない！　その性格の悪さで新人を沢山辞めさせてきた、会社に巣くう害虫に他ならないのよ！」

ビシィ！　と私は指を突き付ける。

「う、うううううううううううううう⁉」

彼女は膝から頽れる。

と、そこに経緯を見守っていた若社長が、とどめの一撃を加えてくれた。

「うちの大事な社員にそんなことをしていたとは。君は解雇だ、雲田かな江」

「そ、そんな⁉」

「黙れ！　それだけじゃない！」

「ひい⁉」

「社内の風紀を著しく乱し、優秀な社員を退職に追い込んだことは、営業妨害に他ならない。正式に裁判を行い、損害賠償を請求する。覚悟しろ‼」

「そ、そんな⁉　せっかく私の思い通りになる部署になっていたのに。解雇のうえに、損害賠償だなんて⁉　う、うわあああああああああああ！」

雲田さんは頭をかかえて這いつくばった。

が、しばらくすると、社長の呼んだ警備員に強制退場させられていった。

やれやれ。

私はふと、戦友のリリアンのことを思い出す。

「ありがとうね、リリアン。おかげで勇気を出して戦って【断罪】することが出来たわ」

シャルニカのおかげで一歩前に進んで外に出ることができた。

そして今回はリリアンと一緒に戦ったおかげで、自分や周囲を傷つけようとする相手と戦うことが出来たのだ。

「あー。ところで鈴木君」

「はい？」

完全に油断している私に、若社長は言った。

「実は以前から君のことが気になっていたんだ」

……。

…………。

……………。

え？

「ぜひ結婚を前提に、僕と付き合って欲しいんだが……」

そう顔をかすかに赤くして彼は言ったのだった。

ええええええええええええええええええ⁉

友達たちを思い出し、感慨にふけっていた私の意識は、突然の提案にあっさり現実に引き戻されたのである！

一歩進むどころか、いきなり何百歩前進させるつもりなんじゃい！　という叫びを胸に響かせながら。


そして、紆余曲折を経て、同棲を開始した私たちであった。

榊さんは社長で、仕事もできる辣腕経営者だ。

仕事が忙しいことも仕方ない。私も仕事に復帰したが、彼の方が忙しいため、一旦家事は私が中心に担うことにした。

だが、彼には仕事面からは全く想像していない裏の顔があったのだ。

それはっ……！

「うん？　この味噌汁、母さんの味と比べて味が違うね。ダシは昆布と鰹節からとってるかい？」

「え？　いえ、私は昆布と煮干しのダシですけど……」

「そっか、じゃあ今度から鰹節にしておいてね」

「え？　あ……うん」

またある時は、

「ふー、疲れた。まほよも今帰ったところ？」

「そうなの。まさに今ね。これから食事作るわ」

私は料理を作り、並べていく。

座る間もなく、晩御飯を作り始める。

彼の方はドカリと椅子に座ると食事を待つ姿勢に入った。

「いただきます」

「ふう、疲れた～。さて、私も座って、いただきま……」

と、その時、ピンポーンとインターホンが鳴る。

「はいはい」

宅急便だった。

私は急いで立ち上がると、それを受け取る。

持って上がって来た時には、榊さんの食事は大方済んでいた。

「……」

「どうしたの？」

「……んーん。ただね、帰ってきて座るのがやっと今ってだけ」

「？」

彼は首を傾げた。

そう。お分かりだろうか！

彼は手伝うという発想を一切持ち合わせていなかった。私もいちおう仕事はフルタイムでしていて、疲れているにもかかわらず、である。

私のセンサーは完全に反応していた。

これは完全に【母親】に依存して育ち、食事や周りのことを全てやってもらってきた男にありがちな行動原理。

つまり【マザコン男】！

その性質そのものなのである！

「まじかー」

私は榊さんの隠れた一面にドヨーンと肩を落としながら、無意識のうちに積んでいたとあるゲームを起動していた。きっと疲れていたから現実逃避したかったに違いない。

そして、

『おいおい、このお菓子味付けがうっすいなぁ。母さんはもっと砂糖を使ってくれてたぞ？』

『あまり入れるとふくらみが悪くなるんだけど』

『そうなのか？　でも母さんは出来てたぞ。お前は料理へったただなぁ！　女の癖に！』

現実での嫌な出来事を忘れるためにプレイした新たな乙女ゲー『イ★ケ★メ★ン　シンデレラたちのバラッド』でも、

「なんで現実世界の【マザコン男】を忘れるためにしたゲームで、また【マザコン男】を見なきゃなんないのよー!!」

と叫ぶ羽目になったのだった。

その上、

（へ？　何これ、頭の中に声が聞こえてくるんですけど。えっと、もしかして『女神魔女』ウルズ様だったりします？）

「またかい!?」

そう、こうして、またしても、主人公を助ける存在として天の声を届けることになったのである!?

～Ｆｉｎ～

ユフィーとリリアンの
とある合コン事情

【Sideユフィー】


「お、リリアンの奴、性懲りもなく男どもをはべらせてるじゃねーか」

今、私がいるのはとある貴族が主催したパーティーだ。

リリアンとよく知らない貴族令嬢が一名、テーブルに着座する形で、貴族の男性たちと笑顔で談笑をしている。

「はっ！　あんな風に媚びないといけないとか正直可哀そうねぇ」

一方で、社交界の華と謳われた私は、どんなパーティーでも中心になってしまうのだ。

周りがブスばかりだから当然っちゃ当然だけどね。

「えっと、ユフィー様。あれは単に将来の王太子妃として社交をされているだけでは？」

お付きのメイドが言うが、

「はぁ？　あんなもん男をくわえこむために決まってるでしょ。見て分かんねーのかよ」

「く、くわえ……。ボソ（なんて下品……）。えっと、いえ。し、失礼しました」

「ふん！　分かればいいんだよ」

それにしても、男が三人に、女が二人。

私はニヤリと唇を歪ませた。

「いい感じのコンパになりそうじゃん。あんなメイクも似合ってない女どもと一緒だったら、全員私狙いになっちゃうだろうけど」

「そうでございますね。お嬢様はおモテになりますので……」

「そう！　そうなのよねえ。私って大してメイクもしないし、そういう女くさいの面倒くさっ！　って思って全然力入れてないんだけど。それでも元がいいから男たちが勝手に寄って来ちゃうタイプなのよねえ！」

「そ、そうでございますね。今日のドレスも（贅を凝らした黄色のド派手なものだけど）お嬢様としては、控えめなものでございますもの……」

「いくらお金をかけたって似合わない奴が着たら無意味なのと一緒よ。私が着ればどんな安物だって高級品に見えてしまうのよねえ！」

「そ、そうでございますね」

「ふふん。まぁ、でもせっかくだから、格の違いを教育してあげようかしら。女としてのヒエラルキーがどれほど圧倒的か教えてあげるのも、優しい妹の役目だもの。あーあ、また男どもの視線を独り占めにしてしまうのねえ。よし、あんたは帰っていいわよ」

「は、はい（助かった）」

私はメイドを帰すと、そのコンパ中のテーブルへと向かったのだった。

「あーら、ここは空いているかしら！」

ドカリ！

と私はいきなり現れて、返事も待たずに空いていた席に座る。

これも作戦だ。

余りに美しい存在『蝶』がいきなり舞い降りるという演出である。

「うふふふ、ごめんなさいね。いきなり全員の視線を独り占めしちゃって〜」

私はニヤリと笑う。

ほら、もう勝負ありだ。

案の定、誰も口を開くことが出来ない。

男どもは目線をキョロキョロとさせ、女どもは口を開けたまま固まっている。

「ユ、ユフィー」

「ふふん、何かしらリリアン姉さん」

私は勝ち誇りながら言う。

「その椅子、さっきワインがこぼれて給仕が取り換えに来るところなの。お尻、冷たくないの？」

「え？」

そう言われてみれば、お尻がめちゃくちゃ冷たくなっていることに気が付いた。

「ぎゃあああああああ⁉　高級ドレスなのに⁉」

「すぐに気づかないなんて。ちょっとお酒を飲みすぎかもしれないわ。いつも言ってるでしょう？　酩酊するほど飲み過ぎたら体に悪いって」

「今、心配するのはそこじゃねーよ！　せっかく仕立てたドレスが駄目になっちゃうだろうが⁉」

「怒りっぽいのも飲み過ぎてるからかも。お水飲む？」

「ケツが冷てーからだよ！　これ以上身体を冷やす必要はねーよ！」

私が怒鳴る。

すると、リリアンは押し黙った。

ふん、やっと分かったか。

しかし。

「ユフィー……。女性がひと様の前で……。というか、会場中に響き渡る声で、『ケツ』などと叫ぶものではないと思うわ。ほら、会場中の注目を浴びてるわよ？」

「誰のせいだよ！　こんな形で注目を集めたいわけじゃないんですけど⁉」

結局、もう一度叫ぶはめになったのだった。

しばらくして給仕が代わりの椅子を持ってくる。

ついでにハンカチも持ってきてもらって拭いた。

「くっそ～、まだちょっと湿ってやがる……」

「え、えーっと、リリアン公爵令嬢の妹のユフィー様ですよね。お初にお目にかかります。僕はカルア侯爵家の長男ライエル」

「キーンバッハ伯爵家の次男のモツアルトです」

「デイン伯爵家の三男、リアンです」

自己紹介をしてくる男ども。

そうだ。

お尻がちょっと冷たくとも、私が社交界の華であることに変わりはない。

「スフォルツェン公爵家の次女のユフィーですぅ。今日はよろしくお願いします♡」

「それにしても、すみませんでした、椅子をもっと早く片付けていれば、お召し物を汚すこともなかったのに」

「大丈夫です。私ってサバサバしてますから！　全然気にしてません。後で主催の貴族家にクレームを百本入れるくらいで勘弁して差し上げようと思っているんですよ」

「ひえ」

「？」

なぜか悲鳴が聞こえたような気がするが、気のせいだろう。

ガツガツ！

くくく。

私は料理を食べながらほくそ笑む。

ここからが本当の勝負よ。リリアン。

さっきのはちょっとお前らの油断を誘っただけ。雑魚のお前らを蹴落とすにも獅子は全力を尽くすのよ。

恐怖に打ち震えるがいい！

「ユフィー、あの大丈夫？」

「は？」

「震えてるみたいだけど、やっぱりお酒を飲み過ぎなんじゃない？」

馬鹿め、震えるのはお前だよ。

そう言おうと思ったが、確かに自分の手が震えていた。

ナイフとフォークを持つ手が震えて、カチャカチャとお皿にあたって異音を放っている。

「というか、ユフィー。あなたの食べてる料理、さっき退席した人が置き忘れていったやつじやない？」

「え？　んじゃ、私の分は？」

「ビュッフェ形式だから、自分でとってこないとないわよ。それに……」

リリアンはあっさりと言った。

「確かそのお皿で料理を召し上がっていた方は、とても辛党で。ハーバーネーローっていう、とっても辛い香辛料を大量に振りかけていたんだけど」

「ぎえええええええええええええ！」

私は文字通り口から火を吹いた。

余りの辛さに震えていたのだ。

「水！　水！」

「でもお尻がこれ以上冷えたら大変よ？」

「いや今はケツはいいんだよ！　身体中が熱いんだよ！　辛い！　死ぬうううううううううう！」

「はい、水！」

リリアンがグラスに注がれた水を渡して来る。

さっさと渡せばいいんだよ、ノロマが！

私は内心の罵倒を口にする暇もなく、その水を一気飲みする。

「全然足りないわよ！　何でもいいから大量の水持って来い！」

「えっと、飲みかけは駄目だし。少量じゃ効果がないのよね。あっ、そうだわ！」

リリアンが駆け出す。

そうだそうだ。私のためにせっせと働け！

と、そうこうしている間に、すぐにリリアンが戻ってくる。

やたら大きな瓶で、リリアンが抱えてギリギリ運べるほどの大きさだ。

どうやら水が大量に入っているみたい。

「はぁ、はぁ。な、なんの瓶が分からないけど、とにかく飲めれば何でもいいわ」

私は辛さに耐えられずごきゅごきゅと一気飲みする。

ようやく辛さがひいてきた。

「ふうふう、ようやく落ち着いて来たわ。ところで、この瓶、どこにあったの？」

「厨房の近くに用意してあった水よ。結構長い事置いてあった気がするけど、厨房の近くにある水なら大丈夫かなって」

「厨房の近く？」

何だそれは？

私は首をひねる。

が、

「えーっと、リリアン様」

一人の貴族令嬢が言いにくそうにしながらも口を開いた。

「それは消火用の水です。飲むための水じゃないですよ」

「まぁ、そうなの?」

「ぶふぅ!」

私は机に突っ伏す。

こんな場所で吐き出すわけにはいかない。

「腹を壊すだろうが!」

「ああ、それは大丈夫。厨房のコックさんたちに念のため飲んでも大丈夫か聞いたから」

「あ、ああ。そうなの」

「ええ。死にはしないって言ってくれたもの」

「死ぬか生きるかで物事を判断してんじゃねーよ! 戦場じゃねーんだよ、ここは。ただの会食なんだけど!」

「でも『死ぬー』って叫んでたから、ちょっと慌てちゃったのよ」

「ははは、リリアン様はおっちょこちょいなところがあるのですな」

「ははは」

男どもは笑っている。

おいおい、何を和やかな雰囲気になってやがる。

くそが、妬ましい。

まるで私がダシにされて、リリアンが人気みたいじゃねーか。

ギリギリギリと、所持している扇子が折れそうなほどへし曲げる。

だ、だが、こっからだ。

ここから、この男どもは全員私になびくことになるのよ！

私は再び闘志を取り戻す。


会話はそれなりに盛り上がりつつ、好きな動物の話に移っていった。

男性には圧倒的に犬が人気のようだ。

狩猟をする際の供にもなり、従順なのが良いのだと言う。

「私はリスとか好きですね。お庭に結構いて、懐いてくれて可愛いんですよ」

「なるほど」

「リリアン様にはぴったりですな」

などと下らない会話を続けている。

ふふん、と私はほくそ笑む。

ここで意外性のある動物を言えば、話題の中心は一気に私に傾くだろう。

特に、男どもが興味を引くような動物……鷹とかがいいだろう。

「ふーん、何だか女子力アピールっていうか、男受けしそうな動物ばっかり言っちゃってるわねえ」

私は鼻で嗤いながら言う。

「そういうユフィーは」

ふふふ。

「私はちょっと男っぽいから、やっぱりタ……」

「バッタとかハチとかが好きだものね。確かに男っぽいわ」

「それは男っぽいんじゃなくて、男の子が好きな生き物でしょうが！」

っていうか、動物を言ってきてんのに、いきなり虫にジャンル変わってるじゃねえか！

「バッタですか」

「ユフィー様は男の子っぽいですな」

「私たちも子供の頃はよく虫とり遊びなどに興じたものです」

「私は男の子っぽいんじゃなくて、男っぽいところがあるだけだから。ていうか、バッタとかハチが好きなのがそもそも違うっつーの！　リリアン、嘘ついてんじゃねーぞ！」

私は嘘を吐くリリアンに怒鳴るが、

「え？　でもこの前調理した唐揚げをおいしそうに全部食べてしまったでしょう？」

「は？」

「覚えてない？　私お腹が空いてしまって、自分で料理をしようとしたのだけど、食材を使うことを禁止されたものだから、自分で虫を捕まえてお料理してみたのよ。でも、食べようとしたときに、あなたがおいしそうって言うから全部あげたでしょう？　うまいうまいって言いながら食べてたから、てっきり虫が大好きなのかと思っていたわ？」

「あの揚げ物、虫だったのおおおおおおおお⁉」

めちゃくちゃ美味しいとか言って食べちゃったじゃないのおおおおおおおおおお⁉

「また作るわね？」

「もう二度と作るんじゃねーよ！」

「あら、そうなの？　あんなにお皿いっぱいのバッタを食べてたのに」

「ぐおおおお……」

精神的ダメージがががががががが。

それに、駄目だ。

さっきからトラブル続きで、体調が悪くなってきた。

は、腹が痛い。
ト、トイレに行かないと。
くそ、今日のところは見逃してやる。

でも、絶対にリベンジしてやるからな！

「覚えてろよ！」

「ええ、今度は違う昆虫を捕まえておくわ」

「ユフィー様は本当に虫を食べるのが好きなのですね」

「まぁ、趣味は色々ですから」

「そうですね」

「ち、ちが……い、いてててて！　く、くそう！　訂正する時間がねぇ！　いたたたた！」

私は腹痛にもだえながら、昆虫を食べるのが好きだという誤解を解けぬまま、テーブルを後にせざるを得なかったのだった。

後日、社交界に、私がバッタやハチを食べるのが大好きというデマが出回り、贈り物に昆虫を送りつけてくる輩が続出したため、それを必死に訂正して回る羽目になったのである。

「どうして私がこんなことしなきゃなんねーんだよ！」

私は怒髪天を衝きながら、悔しくてキリキリと手持ちのハンカチを噛みしめるのであった。

終わり

あとがき

こんにちは。初枝れんげです。

この度は「毎日断罪」シリーズの第2巻を、お手に取って頂き誠にありがとうございました。

皆様の応援のおかげで、こうして無事に第2巻を世に出せたことがとても嬉しいです。

まずはそのことについて、お礼を言わせて頂きます。

本当にありがとうございました。

さて、この第2巻では、第1巻のゲーム内の浮気王子を断罪する、というコンセプトから少し毛色を変え、意地悪な自称サバサバ女の妹が断罪の対象となっています。

そんな姉をイジメる妹に対して、主人公の鈴木まほよがまたしても女神として、ゲーム内のヒロインであるリリアンに声を届けます。

婚約者を寝取り、権力をほしいままにしようとしていた妹を、序盤から徹底的に断罪していくというストーリーに致しました。

第1巻と同様、かなりとがった作品に仕上がったと自負しているのですが、いかがでしたでしょうか？

編集様ともご相談しながら作り上げた本作。

ぜひ読者の皆様に気に入って頂けるような作品になっていることを、願ってやみません。

さて、末筆になりましたが、常日頃より、出版に際して支え続けて下さる担当編集のS様、本当にいつもありがとうございます。

また、素敵なイラストを描いて頂いた岡谷先生にも深くお礼申し上げます。いつも本当に素晴らしいイラストを描いて頂き感無量です。

最後に、本書を手に取って下さった読者の皆様。ネット掲載時から支えて下さった皆様に深い感謝を意を改めて捧げます。読んで頂き本当にありがとうございました。

今後とも支えて頂けると嬉しく思います。

本作はコミカライズも決定しております。そちらもぜひ楽しみに待っていて下さいね。

十月吉日

リリアン・スフォルツェン

LILLIAN SFORZEN

「あの、私は大丈夫ですので……」

17歳。スフォルツェン公爵家の
長女にして後の、ランカスタ辺境伯令嬢。
しっかり者のお姉さんで我慢しがちで優しい、
でも実はサバサバしている。まほよの
介入により聖女覚醒（グランドルート）が
発生し、悪魔ユフィーと対決する。

「僕のフィアンセに触れていいのは、僕だけと法律で決まってるんでね」

ジェラルド・カスケス

GERALD CASQUEZ

22歳。王太子殿下。
本来のゲームだとユフィー（とアンリ）の謀略で
リリアンとの婚約が破棄されてしまうのだが、
まほよの介入で冒頭から溺愛ルートへ突入する。
最初から愛情値MAX。

「ねえ、いいでしょう、リリアン姉さん？王子との婚約なんて私に譲ってよ」

ユフィー・スフォルツェン

YUFFIE SFORZENDO

16歳。スフォルツェン公爵家の次女。自称サバサバだが、実際はねちねちとしている承認欲求の権化。根本的にデリカシーがない。他のルートでは改心していることもある（!?）らしい。

「私の素晴らしさを認めない奴はカスだ！」

（悪魔ver）

ユフィーが悪魔アズラキエルと融合した姿。当初は金の双眸で黒い角膜の設定だったが、製作過程でユフィーの可愛さも尊重したい岡谷さんの意向もあり、口絵のような赤黒い双眸＆白い角膜へと変更となった。

ゲーム内の婚約者を寝取られそうな令嬢に声が届くので、自称サバサバ女の妹を毎日断罪することにした（「毎日断罪」シリーズ）

2023年12月1日　第1刷発行

著　者　初枝れんげ

発行者　本田武市

発行所　TOブックス
〒150-0002
東京都渋谷区渋谷三丁目1番1号　PMO渋谷Ⅱ　11階
TEL 0120-933-772（営業フリーダイヤル）
FAX 050-3156-0508

印刷・製本　中央精版印刷株式会社

ISBN978-4-86699-999-9